국립중앙도서관 출판시도서목록(CIP)

어머니의 초상화, 상 : 한승연 엮음. -- 서울 : 한누리미디어, 2009
 p. ;   cm

ISBN 978-89-7969-341-6 03810 : ₩10000
ISBN 978-89-7969-340-9(세트)

전기(인물)[傳記]

990.94-KDC4
920.72-DDC21   CIP2009001753

혼란과 격동의 시대, 피울음을 토해내며 삶을 지탱해 온 한 여인의 파란만장한 인생 파노라마!

어머니의 초상화 상

한승연 엮음

C'EST LA VIE!

한누리미디어

어머니의 질기디 질긴 삶
그 삶의 유산은 무엇인가?
격랑의 세월 속에서 주름진 삶을 지탱하며
피눈물로 그려 온 초상화!
오늘을 살아가는 아들 딸들에게
가슴으로 내어미는 인생 메시지!

작가의 말

    사람은 누구나 이 세상에 왜 태어났는지도 모른 채 살기 위해 노력한다. 적어도 스스로 살아남기 위해서는 모두 다 그렇다.

    그러한 삶의 모습은 자신이 원하든 원하지 않든 간에 남 앞에 자기 초상을 그려 놓는 셈이 된다.

    소설을 쓰는 작가라는 직업, 그 몸짓 또한 마찬가지다. 마치 파장에 나뒹구는 쓰레기를 주워 모아 유용하게 쓸 것들을 골라 다듬고 그것을 보물인양 안고 살아가는 어쩌면 가난한 넝마주이 같은 모습인지도 모른다. 하지만 그러한 작업 속에서 나는 더없는 보람을 느낀다. 소재로 주워 올린 손끝에서 세상의 온갖 파장을 휩쓸고 온 삶의 진솔한 이야기들을 엿들을 수 있다는 것 때문이다.

    그것은 어쩌면 하늘이 내게 유일하게 내려준 선물로 그만큼 내 영혼을 성숙시켜 주는 축복 같은 것인지도 모른다. 그래서 눈을 뜬 아침이면 많은 사람들에게 유익하고 미덕일 수 있는 소재를 찾아 배회하다가 저녁이면 혹시 유용하게 쓸 것들이 없는가 하고 더러는 악덕의 식탁에 함께 앉기도 한다. 그리고 거기에서 흘린 이야기들을 소설 속의 도구로 키득거리며 주워 담아 올린다.

그렇게 배회하는 생활 속에서 오늘 나는 참으로 인간의 운명이란 과연 무엇인가? 다시 생각해 보게 하는 어느 할머니의 파란만장한 삶의 초상화를 들여다보게 되면서 한 인간의 삶이란 과연 무엇인가를 깊이 생각해 보게 하는 유익한 시간이 되기도 했다.

붓다는 세상을 빗대어 '고통의 바다'라고 했다. 그 고통의 바다를 항해하는 인간은 누구나 한 생의 삶 속에서 크고 작은 파도를 타게 마련이다. 그리고 그 파도 속에서 살아남기 위해서는 온갖 사력을 다해 그 파도와 맞서 싸우지 않으면 안 된다. 그 몸짓이 각 사람이 지니고 있는 에너지 기운에 의해 그 향방이 그려지면서 삶의 모습을 만들어낸다고 했다. 그것이 각 사람 스스로가 만들어낸 삶의 초상화다.

그처럼 스스로가 그려낸 삶의 초상화는 스쳐 보기에도 불쾌하고 비천한 것이 있는가 하면, 이웃에게 귀감이 되는 숭고한 모습도 있고, 보기에 안타깝고 그지없이 서러움을 자아내게 하는 모습도 있으며, 눈을 멀리 돌리게 함으로써 버려질 수밖에 없는 것 등 가지각색의 모습들이다. 나 역시도 고통이라는 삶의 세상에서 지난날 폭풍우와 마주서서 그것을 피부로 느꼈을 뿐만 아니라, 그 폭풍우의 일부가 되기도 했었던 때도 있었다.

그런데 오늘은 또 다른 모습으로 혼신을 다한 손짓이 이처럼 보다 나은 내 삶의 초상화를 그려내기 위해 밤을 밝히며 잠을 설치고 있다. 그러한 내 작업실 창밖으로 고요한 달빛이 무색하게 기웃하면 살며시 떠오르는 〈장아함경〉의 말씀이 가슴을 다독이며 깊은 생각에 빠지게 한다.

"인생은 풀잎에 맺힌 이슬에 지나지 않는다."

"무소의 뿔처럼 혼자서 가라. 그물에 걸리지 않는 바람처럼, 진흙에 더럽혀지지 않는 연꽃처럼 혼자서 가라." (경집)

오, 귀한 그 말씀이 밤을 밝히는 가슴을 다독이며 위로해 준다. 참으로 잠시 잠깐 왔다 가는 세상에서 함께 가슴 나눌 길벗 하나 없으면 외로운 달빛을 벗 삼는 것이 차라리 음험한 세상 이야기로 머리를 어지럽히지 않는 그 지혜인지도 모른다.

사람들은 세상을 살면서 남을 해치는 일은 피하려 든다. 그런데도 남을 해치며 살아가는 사람이 많은 것은 참으로 이상한 일이다. 어쩌면 그것은 자기 자신이 오고 감을 모르고 있기 때문일 것이다.

붓다께서는 "전생의 너를 알고 싶거든 현생의 자신을 보고, 내세(來世)의 너를 보고 싶거든 지금의 너를 살피라"고 하셨다.

이것이 붓다께서 설(說)하신 삼세인과(三世因果)법으로 그 연기설에 의하면, 백겁(百劫)을 가고, 천겁(千劫)을 가더라도 각 사람이 지은 업은 사라지지 않고 시절 인연(因緣)이 도래하면 선(善)한 원인에는 선한 결과로, 악(惡)한 원인에는 악한 결과로 그 지은 업보에 따라 윤회(輪廻)하여 자신이 되돌려 받게 된다는 것이다.

이렇게 각 사람의 운명이란, 전생이든 현생이든 스스로의 마음자리 그 생각이 만들어내는 것이라고 했다. 그래서 죄악으로 만연된 물질 세상에 끄달리는 육신의 욕구가 곧 허망된 망령(妄靈)으로 그 생각을 비우라고 하는 것이 시대와 나라를 달리하고 세상에 출현했던 진리체 성자들의 한결 같은 말씀이 아니겠는가 싶다.

그렇다. 인간의 육체야말로 악마의 온상지대라고 해도 지나친 말이 아닐 것이다.

어느 날 붓다께 라타라는 비구가 여쭈었다는 말이다.

"세존이시여, 흔히 '악마, 악마' 하는데 무엇을 악마라고 합니까?"

그 물음에 붓다께서 말씀하셨다.

"라타여, 육신이 있다면 그것이 악마요, 악마의 성품이며, 결국은 허망하게 죽는 것이다. 그러므로 육신을 악마로 보고, 악마의 성품으로 보아야 하며, 죽는 것으로 보아야 하며, 병이라 살피고, 가시라 살피며, 고통이며, 고통의 원인이라고 살펴야 한다. 수상행식(受想行識)에서도 그처럼 살펴야 할 것이다."

그렇다. 물질이라는 인간 육체는 오욕칠정(五慾七情)이라는 원초적인 동물의 성정(性情)으로 구성되어 있다. 거기에는 이 세상의 온갖 악취가 뒤엉켜 있어서 쾌락이라는 이름으로, 사랑이라는 이름으로, 고독이라는 이름으로, 질병이라는 이름으로, 혹은 증오라는 이름으로, 분노라는 이름으로 인간의 육체에 도사리고 있다는 말이다.

그래서 예수께서는 "물질은 일만 악의 뿌리이니라" 하시고, 또 이르시기를 "육신의 생각은 사망이니라" 하셨으며, 붓다 역시도 육신의 생각이 바로 그 악마이기 때문에 그 마음을 비우고 인간 실체의 참 '나' 라는 자아(自我)를 깨달아 해탈 득도하여 '대자유' 를 얻으라고 하신 것이다.

그것이 영생을 얻게 된다는 진리의 '말씀' 이라는 것으로 곧 자아견성(自我見性)하여 만물의 영장(靈長)이 되라는 이 가르침이 이 세상에 출현했던 성현들의 한결 같은 말씀이다.

바로 그것이다. 물질세계에 집착하는 욕망이라는 번뇌를 내려놓고 세상을 발 아래로 여여하게 다스릴 줄 아는 만물의 영장의 되어야 한다는 것, 이것이 인간의 궁극적인 목적으로 붓다께서 말씀한 해탈득도(解脫得道)이며, 곧 성불(成佛)일 것이다.

그 같은 목적을 이루기 위해서 거듭 윤회(輪廻)를 시킨다는 것이 불교의 가르침이다. 그래서 하늘은 인간 영혼을 성숙시키기 위해 생(生)과 사(死)를 거듭하며 그 과보에 따라 인연을 맺고 세상에 보내진다는 것이며, 이것이 불가(佛家)에서 말하는 윤회로 '고통의 바다' 라는 세상에 그 인과(因果)대로 연(緣)을 맺고 태어나는 것은, 곧 자신의 자업자득(自業自得)에 의한 것이라고 했다.

그래서 물질이라는 거푸집(肉身)을 쓰고 보내진 세상은 영혼 성숙을 위한 닦음의 도장(道場)으로 인간 삶이란, 누구에게나 고통일 수밖에 없다.

이렇게 영혼 닦음을 위해 보내진다는 인간세상이다. 그래서 누구에게나 그 사람이 감당해야 하는 제 몫의 고통이라는 십자가가 있게 마련으로, 하나님은 각 사람에게 감당할 만한 십자가 외에는 주지 않는다는 것이 기독교의 예수께서 하신 말씀이다.

공자님의 가르침 역시도 마찬가지다. 하늘이 큰 사람을 만들기 위해서는 뼈를 깎는 고통을 준다는 것이었고, 붓다께서는 그러한 세상을 빗대어 '고통의 사바세계'라고 하셨다.

그러한 성인들의 가르침 속에는 오늘을 살아가는 모든 인간들의 삶의 현장이 눈부실 만큼이나 가득히 펼쳐져 있다.

그토록 많은 인간 군상들의 삶 속에서 눈물로 얼룩진 한 여인의 애틋한 삶의 초상화를 건져 올려 펼쳐 보게 된 시간은 그만큼 나를 되돌아보게 하면서 오늘을 살아가는 삶의 의미를 더해 준다.

그래서 이 눈물로 젖은 이야기들을 모아 이 세상을 아파하는 우리의 이웃과, 그리고 아들과 딸들에게 들려주고 싶다.

그 이야기는 바로 인간 태어남의 운명, 그 아픔 속에 있는 삶의 지혜가 될 것이기 때문이다.

그 지혜는 오늘을 살아가는 나를 되돌아보게 하고, 또 우리의 이웃들을 돌아보게 하기 때문에 그 눈부신 지혜를 독자들과 함께 나눌 수 있다면 그 이상의 바람은 없다.

2009년 5월 14일

麗海 한 승 연 識

차례

어머니의
초상화 (상)
C'est La Vie!

차례

어머니의
초상화 (하)
C'est La Vie!

작가의 말

프롤로그

연(緣)을 알면 도(道)를 통한다고 했던가.

삶의 한복판에서 길을 가다가 우연히 만나게 된 사람들, 그것이 옷깃만 스쳐도 전생의 인연이라는 붓다의 말씀이고 보면, 그 만남의 의미를 다시 생각하여 가볍게 흘리지 말라는 뜻일 게다.

그런 의미에서 내 작업의 소재로 등장하는 인물들과의 인연이 결코 우연이 아니었음을 다시 한 번 생각해 보게 된다. 그 만남이 새로운 공부를 하게 하고, 또 다른 몸짓을 만들어내게 하기 때문이다.

지난 날 우연한 장소에서 아무 생각 없이 인사를 나누고 그로부터 이어져 오는 내 이웃이라는 관계의 사람들, 오늘 그 얼굴들을 머릿속에 떠올려본다.

그들은 그 의식과 긍지와 품격이 각계각층으로 살아가는 모습

또한 다양할 수밖에 없다. 그래서 거기에 크고 작은 어떤 영향을 받는다는 것이 붓다께서 말씀하신 그 인연법으로 어떤 만남을 갖느냐 하는 바에 따라서 삶의 질과 향방을 얼마든지 바꿔 놓을 수가 있다.

그래서 고귀한 생각과 함께 하는 사람은 결코 고독하지 않다는 말을 떠올리게 된다. 생각한다는 것은 곧 모든 것에 대한 방향의 제시이거나 지시가 될 수 있기 때문이다.

그처럼 고귀한 생각은 삶을 향기롭게 만들어내기 때문에 그런 사람을 만난다는 것은 어쩌면 행운과 같은 것인지도 모른다.

유유상종(類類相從)이라고 하던가, 저마다 좀 더 나은 부(富)를 축적하기 위해 아등거리는 세상에서 인간 본능의 끝없는 계단을 기어오르기 위해 때로는 시기와 질투라는 뾰족한 가시를 머금은 채 온갖 위선의 탈을 쓰고 악의 골목을 배회하며 세상을 어지럽히는 사람들이 넘쳐나는 세상이다.

이러한 세태에서 마치 현실감 없는 사람처럼 인간의 삶이란 도대체 무엇이며, 또한 인간 오고감의 생과 사는 무엇이란 말인가? 그 화두(話頭)를 들고 정신세계를 추구하는 사람들, 그 모습은 분명히 현실감 없는 사람으로 '얼빵' 해 보이기 마련이다. 그처럼 '얼빵' 해 보이는 사람들에게 위로를 주는 것이 성현들의 말씀이다.

공자께서는 군자(君子)는 옆에서 보면 바보와 같다고 했고, 그 바보 같은 모습에 마누라로부터 구정물 세례를 받은 사람이 바로

"너 자신을 알라" 는 말로 유명한 소크라테스다.

그토록 현실감 없이 '얼빵' 한 사람들의 모임 속에서 알게 된 사람이 일명 복전(福田)이라는 도명섭씨였고, 그로부터 소개 인사를 받은 여인이 무궁화연합회 김윤자 회장이었으며, 다시 그녀에게서 소개 인사를 받은 사람이 이 책 속의 주인공 정정임 할머니다.

할머니의 자택은 마포구 성산동에 위치해 있다. 처음 김윤자 회장의 안내를 받고 그 집을 방문했을 때는 살아온 그 삶이 말해 주듯이 할머니에게 치료를 받기 위해 찾아온 환자 몇 명이 그 순번을 대기하고 있었다. 하얗고 가냘프게 보이는 할머니의 웃음이 찾아 들어선 우리에게 그 인사를 대신했다.

듣던 대로 침과 부항으로 찾아온 환자를 치료하는 할머니의 손놀림은 여전히 바쁘게 움직였고, 우리는 그 손놀림이 끝나기를 기다려야 했다.

거기에서 그 할머니의 아들이라는 곽용과 인사를 나누게 되면서 개인주의가 팽배된 오늘의 삭막한 현실에서 남다른 모자간의 끈끈하고 촘촘한 정(情)이 밴 이야기가 가슴을 뭉클하게 했다.

작가라는 직업적인 눈과 두 귀가 쫑긋하고 세워졌다. 그것은 정정임 할머니의 아들이 그 어머니의 삶을 그려낸 감동적인 초상화 같은 것이었기 때문이다.

그 이야기에 함몰된 나는 마치 희귀한 풍경화를 바라보듯 매료당했고, 마침내 그 속으로 빠져 들기 시작했다.

풍경 속의 이야기는 가만하게 계속되고 있었다.

▲ 참으로 힘겨웠던 그 옛날 이야기를 다하고 난 뒤. 정정임 여사와 아들 곽용씨

　"제게 주신 어머니의 유일한 유산이라면 가난 속에서 배우게 한 삶이란 무엇인가, 그리고 또 운명이란 무엇인가? 그 의문 속으로 깊이 빠져 들어 세상을 여여하게 바라보게 해 주었다는 겁니다. 그러니까 그 누구도 빼앗아 갈 수 없는 재산으로 부자 부럽지 않은 유산이지요."

　어쩌면 그의 말이 맞는지도 모른다. 우리들 삶 속에서 존재하는 것은 모두가 똑 같다. 생과 사, 깨어남과 졸림, 젊음과 늙음…. 그와 같은 인생행로에서 인생 오고감의 인연법을 깨달음으로 자족할 수 있다는 것은 번뇌망상(煩惱妄想)을 불러일으키는 물질 축복에 비할 수 없는 것이기 때문이다.

　고통의 바다라는 인생의 삶은 그 삼백예순 닷새를 매일같이 물가고에 시달리는 생활난 속에서 잡다하게 일어나는 부정과 사기, 그리고 예측하지 못한 교통사고와 패권주의적 전쟁의 돌발과 동물적 본능의 야수적인 살인과 염세적인 자살 등으로 마음을 어둡게 만들어 준다.

그러한 속에서 인간 탄생의 숙명과 운명을 밝혀보고자 했던 마음은 결코 우연이 가져다 준 것은 아닐 것이다. 그래서 눈물의 빵을 먹어보지 않고는 인생을 논하지 말라고 하지 않았던가.

지난날 그에게 정신적으로 안겨 주었던 가난이 새삼 축복이었다고 말하는 그의 이야기를 나는 오늘, 세상을 아파하는 우리 모두의 이웃들에게 귀띔해 주고 싶은 것이다.

운명의 서곡
序曲

물질만능주의가 팽배된 오늘의 현실에서는 정신적인 재산은 쉽
사리 이해하려 들지 않는다.

이러한 재산들이 쌓여서 마침내는 커다란 즐거움이 되는 그 이
치마저도 깨달으려 하지 않는 것이 현실이다.

오늘 이처럼 물질 위주로 흐르는 삭막한 현실에서는 더욱 그렇
다. 그런데 인간 삶에 참으로 유익한 재산이 무엇인지를 확인하려
고 다니던 직장을 그만두고 명리학과 철학에 심취했다는 침뜸 할
머니 정정임의 아들 곽용이다.

진정한 삶이 무엇인지를 찾고 싶었다고 내비치는 그의 결의가
참으로 아름답고 숭고해 보이기까지 했다.

그는 Y대 산업공학과를 졸업하고 전공과는 달리 요업디자인 쪽
에서 20여 년간을 근무하다가 생각을 바꾸어 사표를 내고 나왔다

고 했다.

그리고 어머니로부터 생활 속에 자연스럽게 스며든 불심(佛心)의 영향은 사표를 내고 처음에는 세계 불교 평화종 산하 관동불교 대학에 입학했다고 한다.

거기에서 명리학 과정을 공부하면서부터 인간의 타고난 운명이란 과연 무엇이며, 누가 점지해 주는가?

그 논제를 놓고 연구하게 되면서 마침내 오늘의 모습으로 삶의 향방을 바꾸어 놓은 것이라고 했다.

그가 말했다.

"사람이란 자기 분수를 모르기 때문에 남들처럼 문벌 좋고 부유한 부모 밑에 태어났으면 내 운명이 달라졌을 텐데 하고 나를 낳아준 부모를 원망할 때도 있지요. 저 역시도 마찬가지였습니다. 그래서 흔히들 말하는 각 사람이 타고난 사주팔자란 무엇인가? 말대로 있는 것인가 없는 것인가, 그래서 주역을 공부하다 보니 그 사람의 지나간 과거와 현재, 그리고 미래가 밝은 거울처럼 환하게 들여다 보이지 뭡니까. 그런데 문제는 서양 물질과학 문명에만 심취한 현대인들이 그것을 과학적으로 근거가 없는 미신 취급을 하거든요."

국어사전에서 미신(迷信)이란, '마음이 무엇에 홀려 망령된 믿음에 집착함. 과학적 견지(見地)에서 망령되다고 생각되는 신앙, 속신(俗信)'이라고 정의하고 있다.

곽용은 현대인들이 그렇게 취급하는 것이 안타깝다는 듯이 말을 이었다.

"과학은 철학의 한 부분에 속한다는 것을 현대인들이 모르고 있
다는 겁니다. 인간이 태어난 순간을 시간으로 관찰하는 운명철학
에는 두 가지 길이 있지요. 하나는 별자리와 연결지어 그 사람의
운명을 점지해 보는 서양 점성술과 하나는 달과의 연결에 의한 생
년월시의 네 가지로 운명을 종합하여 점지하는 사주학이 있는데,
동양의 사주학은 음력에 중점을 두지요."

"그럼 그 역학은 시초가 언제부터라고 보십니까?"

내가 묻는 말이었다.

사실 그것이 궁금했다. 그 물음에 그는 웃으면서 말했다.

"고대 문명인들에 의해서 창안된 것이지요. 천문학의 일부였답
니다. 그러니까 운명학은 인간을 우주의 동체로 본다는데 그 공통
점이 있지요. 그래 인간을 소우주라고 하질 않습니까. 우주의 천체
가 부여하는 운행의 궤도와 연결짓는 데서 그 수수께끼를 풀어보
려고 한 것인데, 그러니까 우주는 시간과 공간을 의미하는 것이기
때문에 인간의 시간적 존재 가치와 공간적 존재의 대립을 관찰한
것으로 천문학에서 비롯된 것이라고 할 수 있지요. 그런데 그게 어
찌 미신행위란 말입니까. 우주 천체가 하나로 연결고리를 잇고 운
행하는 우주역으로 현대 물질문명의 과학이 따르지 못한 형이상
학적인 과학의 원리지요."

사실 그 논리는 공감대가 가면서 고개가 끄덕여졌다.

성서에도 천문을 연구하던 동방박사들이 평시와는 달리 이상하
게 움직이는 큰 별자리의 운행을 보고 크게 놀라 이스라엘 땅에 큰

임금이 태어날 징조라고 하여 그 별의 운행을 따라갔다고 했다. 그들이 예견한 임금이 바로 이스라엘의 한 작은 고을 나사렛이란 동네에 출현한 성자 예수였다. 그들이 별자리의 운행을 보고 따라가 말구유에 태어난 아기 예수에게 예물을 드리고 경배를 했다는 것이 성서 기록이다.

그런 면에서 보면 인간의 태어남과 사라짐의 진폭을 점지해 보는 사주학은 천문학에서 비롯되었다는 것이 전혀 신빙성이 없는 말은 아닌 것같다.

그의 말이 수긍이 가면서 응수를 했다.

"그러니까 운명학은 우주 운행의 천문학이네요."

"그렇지요. 사주학에서 각 사람 운명의 관찰은 그 생명체의 운명적 궤도의 시작인 생년월일시를 헤아려 보는 것인데 짚어보면 허공 속으로 사라져 버릴 시각까지도 헤아려 볼 수 있다는 겁니다. 인간 생명체는 우주 속의 작은 별이기 때문이지요. 그러니까 공간적으로 보는 관찰 방법에는 관상, 수상, 성명학이 있고, 시간적으로 보는 방법이 사주학인데 그것이 각 사람이 타고난 사주팔자라는 것이지요. 그 사주를 각 사람 운명기운 육십 프로로 보고, 공간적으로 보는 관상 수상이 이십 프로, 성명학이 이십 프로로 이렇게 해서 그 사람의 총체적인 운명을 좌우해 보는 겁니다."

"어머, 그래서 성서에도 이스라엘 야훼신이 그 쓰임 받는 사람 이름을 바꾸어 주곤 했군요."

"저는 기독교인이 아니라서…. 성서에도 그런 기록이 있습니까?

저는 처음 들어 보는데요."

"성자 예수가 태중에 있을 때 천사가 와서 아기가 태어나면 예수
라고 이름하라고 했고, 또 야훼신이 그 유대민족 제사장으로 뽑아
세운 아브람을 아브라함으로, 또 사래를 사라로 부르도록 기존의
이름을 직접 바꾸어 준 것이 성서기록이거든요."

"그렇군요. 그거 보십시오, 불러주는 이름이 그만큼 각 사람의
운명에 작용하는 영향을 미친다는 증거 아니겠습니까?"

곽용과의 대화는 점점 공감대를 형성하면서 무르익어갔다. 그는
다시 사주학으로 보는 운명을 총체적으로 정리해 말했다.

동양의 사주학(四柱學)에 있어서 주(柱)란, 생년(生年), 월(月),
일(日), 시(時) 등 네 기둥을 사주라고 하며 각주(各柱)마다 담기는
두 글자씩의 간지(干支)의 기(氣)가 우주자연의 기류(氣流)와 어떤
관계에 놓여지는가에 따라 운명의 길흉을 알아보는 학문이라고
했다.

이것이 동양철학을 바탕으로 하는 사주학으로 사주의 기(氣)를
자연의 기에 조화시킴으로써 그 운명을 점지해 본다는 것으로, 농
부가 농사짓는 비유를 들어 말했다.

"농부가 농사를 짓기 위해 땅에 뿌리는 볍씨가 봄에 떨어졌으면
풍요롭게 주인의 창고에 알곡이 되어 들어갈 수 있게 되지만, 가을
에 뿌려졌다면 결코 결실을 기약할 수 없는 것과 마찬가지 이치입
니다. 또 설령 봄에 뿌려진 볍씨라고 해도 물이 없는 돌짝 밭에 뿌
려졌다거나 하게 되면 수확을 장담할 수 없는 이치나 마찬가지로

인간의 운명도 이와 같은 것이어서 동양의 사주학은 자연과학 또는 기상학이라고도 할 수 있지요."

"그러니까 사주 기둥으로 보는 생명의 공간적 관찰은 그 생명의 실상으로 현실을 통한 과거의 집산이고 미래의 예시이네요."

"그래서 우리 조상들은 예부터 명(命)의 이치를 안다고 해서 명리학 또는 명을 추리해 본다고 해서 추명학이라고 했답니다. 사주 음양 오행(五行)을 통해서 보는 것이지요."

"사주에 오행은 또 뭡니까?"

"오행이란, 지구를 중심으로 많은 행성들이 있는데 그 중에서 가까이 있는 행성으로 목성(木星), 화성(火星), 토성(土星), 금성(金星) 수성(水星)이 있지 않습니까. 그 별자리의 기운이 태양에서 발산되는 천기(天氣)를 받아서 또 하나의 기(氣)를 형성하게 되는데, 그것이 목기(木氣), 화기(火氣), 토기(土氣), 금기(金氣), 수기(水氣)가 됨으로 이 다섯 가지 기의 운행을 주역에서 음양오행이라고 한답니다. 음(陰)은 어둡고 양(陽)은 밝음을 상징적으로 나타내는 것이지요."

"그래서 동양철학의 사주학이 자연과학이라는 말이군요."

"그렇지요. 그 오행기운이 지기(地氣)라는 땅(陰) 기운과 어울리면서 춘하추동 사계절이 생겨나는 것이고, 그래서 사람도 태어나는 순간 어느 별의 기운을 더 많이 받았느냐에 따라서 체질, 성격은 물론이고, 운명의 패턴까지도 결정된다는 겁니다."

"그러니까 우리 조상들의 동양철학은 끝없는 우주의 변화 속에서 각 사람의 성품과 운명을 점지해 보는 서양에 앞선 초과학적인 지혜였네요. 그러고 보니 그것은 어쩌면 우주 음양조화였다는 생각이 드는데요. 그래서 서양은 형상적인 물질문명을 발전시켜 나왔고, 동양은 눈에 보이지 않는 정신문명을 발전시켜 나온 것이 곧 인류역사니까요."

"그렇습니다. 태초 우주가 음양 조화로써 한 틀을 이루고 있는 것이고 보면 모든 자연이 그래서 음양의 이치로 세워져 있다고 보아야겠지요."

서양과는 달리 동양에서 음력으로 보는 사주명리는 태어난 년, 월, 일, 시를 중요시한다는 곽용의 말이었다.

"그것을 세분하면, 초년, 중년, 말년 운세가 나오고 또 타고난 네 기둥에는 각각 하늘의 기운인 천간(天干)과 땅의 기운인 지지(地支), 이 네 글자가 나오는데 그것이 합해진 수(數)가 바로 사주팔자라는 것이지요. 그래 그 팔자를 종합해 보면 대운과 세운, 월운과 일운까지도 이 여덟 팔자 속에서 나오기 때문에 성격, 자식, 재물, 부부궁, 사업운, 건강운 등을 헤아려 보는 것인데 이런 모든 것을 거울 보듯 한눈에 볼 수 있다는 것이 명리학의 매력이었습니다. 그리고 누구나 이 팔자 도망은 못 간다는 말을 새삼 실감하면서 그 공부를 하고 제일 먼저 어머니 사주부터 풀어보았지요."

"그러니까 어머니를 테스트 북으로 삼으셨군요."

"그렇지요. 내 눈으로 옆에서 지켜 본 어머니의 삶이었으니까요."

"사주가 어떻게 나오던가요?"

"어머니의 사주팔자 운명 진단을 하면서 참으로 타고난 사주팔자 도망은 못 간다는 말을 실감했습니다. 월지가 축토(丑土)인 월령에 정축(丁丑) 일주를 가진 사주로 총체적인 사주 기운이 지지에 춥고 습한 기운이 많다는 겁니다. 년주에 무진(戊辰) 백호살이 들어와 있고, 일주에도 정축(丁丑) 백호살이 들어와 있으니 초년과 중년에 고생이 심할 수밖에요. 몇 차례의 죽을 고비에다가 부모 횡사와 남편이 불구수를 당할 것까지 나오지 뭡니까. 그리고 사주에 축무(丑戌) 삼형살이 대운지의 미(未)와 합세했으니 형살이를 여러 번 하시게 되고…. 거기에다가 시지 년간에 진술충(辰戌沖)을 맞았으니 큰 아들이 어릴 때 배곯아 죽을 수라, 이것이 제가 살펴본 어머니의 사주팔자였습니다. 그래도 다행인 것은 말년에 정신이 건강한 괴강살이 들어와 있어서 어머님 연세 여든 둘로 일을 놓고 쉴 때가 되었는데도 저렇게 환자 치료를 하고 있다는 거 아닙니까. 그러니까 총체적으로 말년운이 편안한 운세라, 을목(乙木) 편인이 동주해 있어서 외로운 삶에 동행할 등불이 되는 격이라 했지요."

그 등불이 바로 옆에 있는 아들이라는 생각이 들었다.

"그러니까 그 등불이 바로 옆에 계시는 아드님이시네요."

"지켜 드릴 뿐인데요, 뭘. 그게 그나마도 늦게 있는 어머니의 말년 복이라는 것이지요."

"사람은 말년 복이 최고라고 하잖아요. 오늘 현실은 물질 위주의

세상이라서 부모 별 볼 일 없다 싶으면 집 밖으로 내다버리는 자식
들이 많다고 요즘 뉴스에도 나오잖아요. 옛 속담에 어버이에 대한
효성이 지극하면 기적적으로 하늘의 도움을 입게 된다는 말로 효
성이 지극하면 돌 위에 풀이 난다는 말이 있는데 그런 효자는 어쩌
면 우리 세대에서 마지막으로 보게 될지도 모른다구요."

"그것은 오고 감의 인연법을 모르기 때문이지요. 인과응보라, 그
행위대로 자신이 되돌려 받게 된다는 것이지요. 어머님이 그러셨
지요. 부부는 전생에 그 매듭을 풀어야 할 원수가 만나게 되고, 자
식은 전생의 빚쟁이라 가슴까지 다 주어도 고맙다는 말을 안 한다
구요. 핫, 핫, 하…."

어쩌면 틀린 말이 아니라는 생각이 들었다.

성경에도 예수께서 '원수가 네 집안에 있느니라' 하시고 그 원
수를 사랑하라고 하셨으며, 유태인들의 격언 중에도 다음과 같은
말이 있다.

"사람이 바꾸려 해도 바꿀 수 없는 것이 한 가지 있다. 그것은 자
기의 부모이다."

그렇다.

부모의 피와 뼈대가 자식에게로 이어졌고, 부모의 살갗이 자식
의 피와 뼈대를 감싸고 있기 때문에 부모와 자식은 곧 한 몸과 마
찬가지라는 말이다.

새삼 고개가 끄덕여지는 말이었다.

그러나 돌이켜 생각해 보면 나 역시도 부모의 마음을 헤아리지

못하고 모자랐던 어린 생각이 불효를 저질렀던 일이 어디 한두 번이었던가.

자책하는 가슴 속에 옛 시인이 읊었다는 시조 한 수가 가만하게 떠올랐다.

'어버이 살아계실 제 섬기기란 다 하여라./ 돌아가신 후에 애달프다 어이하리./ 평생에 고쳐 못할 일이 이뿐인가 하노라.'

참으로 아득하게 젖어오는 가슴이 모자간의 끈끈한 눈빛을 바라보면서 많은 생각을 하게 했다.

지난날을 자책하는 우울한 생각을 물리치고 가만하게 물었다.

"할머니께서는 언제부터 한방 침술인 대체의학을 배우게 되셨나요?"

"대체의학이라고 하셨습니까? 저는 현대인들 대부분이 우리 조상들로부터 내려온 한방인술을 대체의학이라고 표현하는데 그건 뭔가 잘못 이해된 표현이라는 생각입니다."

"그럼 뭐라고 하죠?"

"저는 그렇습니다. 원칙론으로 보면 서양 의술의 인체 해부학이 오히려 대체의학이라는 생각이거든요. 동양 한방인술은 인간을 소우주로 보고 그 맥의 혈기를 짚어 어느 부분의 혈이 막혀 있고, 또 어떻게 약해져 있는가를 짚어 자연요법으로 치료하는 것이지요. 인간 육신이 대자연과 고리를 잇고 있기 때문에 그 자연요법으로 치료했던 우리 조상들의 인술은 서양의술이 고장난 인체부위를 찢어서 확인하고 치료하는 해부학보다 앞선 우주자연과학 의술이라고 저는 생각합니다. 우리 선조들은 침 뜸과 탕약을 분리한 강퍅한 침 뜸으로 맥을 살려냈으니까요."

"그러니까 우리 조상들의 민족 지혜가 담겨 있는 한류 인술이네요."

"그렇지요. 예로부터 일침(一針), 이구(二灸), 삼약(三藥)이라는 경구(警句)가 전해 내려오고 있지요. 그러니까 병이 나면 먼저 침을 쓰고, 그 다음에 뜸을 뜨고, 그래도 차도가 없으면 약을 쓰라 했습니다."

"그러고 보면 우리 조상들의 전통인술은 세계적인 한류 브렌드네요."

"그런데 사람들이 어디 그렇게 생각합니까? 마치 시대 지난 바지저고리 취급을 하지요. 우리 조상들이 생활 속에서 누구나 손쉽게 활용해 온 뜸은 첫째로 부작용이 없고, 누구나 손쉽게 배워서 할 수 있는 저비용, 고효율의 효과적인 민간요법이지요. 현대인들의 문제가 되고 있는 것이 스트레스 아닙니까. 그로 인해 오는 두통 어지럼증을 참거나 두통약 한 알로 해결을 하지만 이러한 증상을 그대로 방치해 두면 혈액의 흐름이 느리고 탁해져서 간 기능이 저하되면서 중풍으로 발전할 수 있기에 초기부터 고쳐야 하는 겁니다. 간 기능이 약해지니까 혈액을 정화시키지 못하는 것이지요. 방치해 두면 계속해서 탁함이 누적되면서 위장기능도 저하되고 담이라는 물질이 생성되는데 이러한 담이 혈액 속에 녹아들어 기혈순환을 막고 잦은 병증을 만들어내기 때문에 이러한 증상을 소홀히 생각하고 방치해 두면 혈액 순환에 따라 머리 쪽으로 이동하여 두통과 어지럼증을 유발하게 되지요. 이것이 뇌졸중이나 중풍의 초기 증상인데 이러한 증상은 혈액에서 나타나기 때문에 MRI나 CT촬영을 해도 나타나지 않는 겁니다."

"저는 처음 들어보는 이야기네요."

"그러니까 생활 속에서 과도한 스트레스를 받거나 뇌의 어혈로 혈액순환이 원활치 못하면 산소와 영양분이 뇌로 충분히 공급되지 못하니까 어깨와 목이 뻣뻣해지면서 만성두통, 어지럼증 등으로 기억력과 집중력이 감퇴되고, 안면마비, 중풍, 치매 등 치명적인 질환까지 이어질 수 있지요."

이야기는 사이를 두고 다시 이어졌다.

"그래서 두통을 가볍게 보고 임시방편의 알약으로 치료할 게 아니라, 피를 맑게 하는 한방제를 써야 한다는 겁니다. 약제로는 홍화, 황금, 산사, 은행 등의 약재를 주로 하여 처방하는 한약은 통증을 경감시켜 만성두통 치료에도 많은 효과를 보지요. 물론 체질 등에 따라서 약제의 종류와 용량, 침과 같은 병행 요법이 미세하게 조절 가능하기 때문에 두통환자 치료에 도움을 주지요."

이윽고 이야기는 운명을 점지하는 사주학에서 할머니의 전통 민간치료법으로 넘어가 흐르고 있었다.

사실 따지고 보면 서양문화권이 들어오면서 우리 선조들의 전통문화는 시대에 낙후된 구시대 이야기로 취급해 온 것이 오늘 우리의 현실이다.

눈으로는 확인할 수 없는 운명이라는 사주학이나 인체의 맥을 짚어 병증을 헤아려 보는 한방인술 역시도 마찬가지다.

그러나 그러한 우리 선조들의 전통문화가 서양 물질문명 과학에 앞선 고차원의 형이상학적인 정신문화 유산이었음을 새롭게 느끼면서 태초 우주 시발점이라는 성구 한 구절이 뇌리에 떠올랐다. 〈창세기〉(2장 26 : 29절)이다.

"하나님이 가라사대, 우리의 형상을 따라 우리의 모양대로 사람을 만들고 그로 바다의 고기와 공중의 새와 육축과 온 땅과 땅에 기는 모든 것을 다스리게 하자 하시고, 하나님이 자기 형상 곧 하나님의 형상대로 사람을 창조하시되 남자와 여자를 창조하시고 하나님이 그들에게 복을 주시며 그들에게 이르시되 생육하고 번성하여 땅에 충만하라, 땅을 정복하라, 바다의 고기와 공중의 새와 땅에 움직이는 모든 생물을 다스리라, 하시니라. 하나님이 가라사대, 내가 온 지면의 씨 맺는 모든 채소와 씨가진 열매 맺는 모든 나무를 너희에게 주노니 너희 식물이 되리라."

바로 그것이었다.

본자연(本自然)으로 존재하는 본체신 우주 호흡의 형상대로 지음을 받았다는 인간 몸체는 곧 대우주와 연결고리를 잇고 회전하고 있는 소우주일 수밖에 없다.

그 소우주 인간에게 축복으로 주어진 것이 바로 모든 육축과 땅에 기는 모든 생물과 지면의 씨 맺는 모든 채소와 씨가진 열매 나무들이라고 성경은 분명히 기록해 두고 있다.

그것이 근원에서부터 비롯된 본자연의 섭리다. 그래서 우리 선조들은 자연을 거슬리지 않는 조화 속에 순응하면서 고차원의 우주 대자연의 기(氣)운행을 터득하여 인간 운명을 풀어보는 사주학이 만들어져 나왔고, 또 모든 식물에서 자연치유요법을 터득한 것이다.

이것이 동양한방 민간치료요법 인술로 전해져 내려온 것이었음을 새삼스럽게 눈 뜨게 했다.

새롭게 느껴져 오는 우리 민족의 귀중한 전통문화였다. 기존의 인식이 바뀌면서 마음에 걸리는 구석이 있었다.

요즘 따라 미세한 두통 증상으로 알약을 복용하는 횟수가 늘었기 때문이다.

언젠가부터 그러한 증상의 통증이 있어 왔지만 그것은 과다한 작업으로 인해 오는 스트레스와 불규칙한 생활습관 때문인 것이라고 가볍게 넘기고 있었다.

그런데 그 이야기를 들으면서 마음에 걸렸다.

"그럼 저도 날을 잡아 어혈 제거를 해봐야겠네요. 요즘 따라 그런 증상이 부쩍 심하거든요."

"직접 체험을 해보시면 많은 도움이 되실 겁니다. 우리 선조들의 민간전통 인술이 서양의술 못지않다는 것도 새롭게 느끼게 되실 거고…. 혹시 또 누가 압니까, 멋있는 소재거리가 될런지…. 핫, 핫, 하…."

"그도 그렇네요. 우리 생활에 유익하고 보람 있는 소재를 찾아

소설 도구로 쓰는 것이 작가의 직업이니까요. 사실 사주학 같은 것은 주입된 기독교 사고 때문인지 미신행위라고 취급했지 뭡니까. 그런데 듣고 보니 그것도 그게 아니네요."

"그러는 데는 귀신 들린 얄팍한 무속인들이 그것을 이용해 먹기 때문에 더욱 그러한 취급을 받는 것이라고 봅니다. 조금 배운 사주학을 풀어보고 손재수가 들어오니 뭐니 해가지고 부적을 팔거나 아니면 굿을 하게 하니까요. 그런 사람들일수록 부처님을 입에 올리지만 부처님께서는 중생이 마음을 잘 쓰면 모든 재앙을 불러들이는 악귀를 물리친다고 하셨거든요. 그처럼 삿된 말에 넘어가는 사람도 다 제정신이 아니라서 그런 겁니다. 마음에 진정한 부처님의 법시를 모시고 허탄한 물욕이 없다면 그 마음이 바로 법당인데 어떤 악귀가 넘나 보겠습니까. 그게 바로 성인의 이름을 팔아먹고 사는 얄팍한 사람들의 미신행위지요."

듣고 보니 틀린 말이 아니었다.

주고 받은 이야기들이 언젠가는 유용한 소재거리가 될 것도 같아 웃으면서 말했다.

"생각지도 않은 곳에서 멋진 소설 도구를 줍네요."

"그렇게 생각해 주시니 고맙습니다. 사실은 어머님께서 살아오시면서 가끔씩 써 놓으신 일기장을 보고 돌아가시기 전에 이야기책으로 묶어 그 한풀이나 해드리고 싶다는 생각도 해봤지요. 한 번 보시겠습니까."

그리고 그는 그 말을 내심 기다리거나 했던 사람처럼 방으로 들

어가 노랗게 퇴색한 두툼한 노트와 엷은 책자 하나를 손에 들고 나
와 펴 보이면서 말했다.

"이 노트는 그 동안 어머니가 틈틈이 써 놓으신 일기장이고, 이
책자에는 어머니를 인터뷰한 기사가 실려 있어서…. 그냥 참고로
한 번 보십시오."

할머니를 실은 기사라니 궁금했다.

먼저 책자부터 들여다봤다. 2006년 6월호 『전통의학비방』이라
는 월간잡지였다.

할머니의 사진과 함께 인터뷰 기사가 실려 있었다.

큰 머리글이 〈머리에서 독혈 빼내 온갖 병 고쳐 주는 '부항 할
매'〉라는 밑으로 할머니 소개 기사가 실려 눈길을 끌게 했다.

서울 마포에 사는 정정임(鄭正任) 할머니는 '부항 할머니'로 통
한다. 42년째 부항을 떠 인근에서 병고로 찾아오는 사람들의 병을
고쳐 주고 있으니 그렇게 불릴 만도 하다. 그렇다고 부항만 치료하
는 것이 아니다. 침과 뜸에도 능해 질병에 따라서는 침과 뜸을 겸
하여 치료 효과를 높이고 있다.

주로 많이 찾아오는 환자는 초기 중풍, 간질, 학슬풍, 관절통, 두
통 등 신경계통 질환자들이다. 따라서 이런 질환을 많이 고쳐줘 중
풍 전문으로 통하기도 한다. 병을 고치고 간 사람들이 작성한 방명
록에는 이들 질환 외에도 간경화, 위장병, 고혈압, 심장병, 정신병,
자궁질환, 신장병, 폐질환, 악성피부 종양 등도 다수 눈에 띈다.

　정정임 할머니의 치료법 중 가장 특이한 점은 머리에서 사혈(死血)하는 두피사혈 요법이다. 중풍, 간질, 정신병, 두통, 고혈압 환자에게는 꼭 머리에서 사혈해 주는데 그 솜씨와 정성이 대단하여 누구도 쉽게 흉내내지 못한다고 한다.

　동의보감에서도 두피와 해골(두개골) 사이에 누적되어 있는 피는 백해무익하다고 기록되어 있다.

　할머니의 치료방법은 일단 머리 전체를 이마 앞에서부터 시작하여 머리 뒤끝까지 한 줄씩 27줄로 나눈다. 그리고 한 줄에 세밀히 사혈침을 하여 앞뒤 양쪽을 꾹꾹 눌러 피를 짜준다. 그러고 나서 다시 한 줄을 세밀히 사혈침을 하여 양쪽을 꾹꾹 눌러 피를 짜주는 걸 반복한다. 그걸 다 마치기까지는 2시간 가량 걸린다고 한다. 오랜 세월 그걸 다 짜주느라고 이제는 손목이 다 망가졌다고 한다.

　사혈은 삼일에 한 번씩 하는데, 대개의 경우 7~8번 하면 머리에 찼던 모든 악혈(惡血)이 다 쏟아져 나와 병고가 말끔히 해결된다고 한다. 가장 많이 한 적은 31번까지 했다고 한다.

　정정임 할머니는 이렇게 머리를 사혈하여 간질로 고생했던 5세 여아를 7번 만에 고치기도 했고, 야구공을 머리에 맞고 발기가 되지 않는 9살 된 미국 아이를 3번 만에 고쳐주기도 했다고 한다. 또 얼굴이 벌겋게 되어 14년간 고생한 사람도 고쳐주었다고 한다. 그 효과가 일본과 미국에까지 알려져 일본에서는 두피사혈 요법의 시술을 받기 위해 수십 명씩 조를 짜서 온다고 한다.

　머리에서 사혈하는 방법이 특이하여 보고 싶었으나 필자가 취재

하러 찾아간 날은 그런 환자가 없었다. 다만 20대의 건장한 청년이 친척과 함께 왔는데, 정임 할머니는 청년을 신중히 진맥하더니 신방광맥이 좋지 않다며 웃옷을 들쳐보라고 했다. 웃옷을 들쳐 등을 보니 신방광이 있는 부위가 부어 있고, 척추가 옆으로 휘어 있었다. 그러고 나서 다시 진맥을 하더니 이번엔 심장맥이 벌렁거린다며 두풍(頭風)이 심한 상태라고 했다.

청년에게 고개 숙이라고 해서 머리를 들쳐 보니 두피(頭皮)가 벌건 상태였다. 옆에 있던 친척은 청년이 어릴 적에 심하게 경기(驚氣)를 여러 차례 했다고 들려주었다. 할머니는 머리에 사혈을 하려면 시간과 날짜가 많이 걸리니 급한 일이 있으면 먼저 마치고 여유 있게 찾아오라고 했다.

머릿속이 하얗지 않고 벌건 게 참으로 신기하다고 말하니 심한 사람은 머릿속은 물론 얼굴까지 온통 새빨갛다고 한다. 저렇게 머리에 독혈(毒血)이 상충(相衝)해 있어 피부가 벌건하니 중풍, 간질, 정신병, 두통, 고혈압, 불면증 등이 생기지 않을 수 없다는 생각이 들었다. 그리고 병고를 해결하기 위해서 그 독혈을 세밀히 짜내야 할 것이란 생각이 들었다.

또한 머리엔 인체 오장육부(五臟六腑)와 모든 조직의 신경이 다 와 있으니 머리에 사혈을 하면 질병도 예방되고 건강도 좋아질 것이란 생각이 들었다. 옆에 있던 정정임 할머니의 며느리는 건강한 사람이라도 머리에 사혈을 하면 피부도 맑아지고 정신도 총명해지며 눈도 밝아진다고 한다.

할머니는 20년 전부터 부항 사혈을 많이 하기 시작했다고 한다. 그 전엔 침을 위주로 치료했는데, 진통제가 나온 후 병이 커지고 화학적으로 가공된 식품이 범람하면서 오염된 피가 경맥을 꽉 막고 있다고 한다.

이것을 뚫기 위해선 부항으로 먼저 독혈을 빼내고 침을 해야 효과가 있다고 한다. 어혈이 차 있는 상태에서는 침으로 기혈을 원활하게 할 수 없기 때문에 부항할 때 주의할 점은 정맥을 피해서 사혈 침을 해야 하고, 한 자리 3일간 하다 다른 자리로 옮겨서 부항을 해야 한다. 부항을 뜬 후에는 물을 대서는 안 된다. 그리고 술과 개고기를 먹고 온 사람은 부정 때문에 치료를 해 주지 않는다고 한다.

청년이 간 후 잠시 시간이 있어 여러 가지 질병 치료법에 대해 물어 보았다. 이것을 정리하면 다음과 같다.

간질은 간담, 심장, 비장, 폐, 신장 등 5군데서 온다. 간담에서 온 간질은 왼손을 톱질하듯이 떨고, 심장에서 온 간질은 눈동자는 정상이되 오른손을 발발 떠는 증상이 나타난다. 비장에서 온 간질은 침을 질질 흘리고, 폐에서 온 간질은 눈동자가 뒤집혀 흰자위만 보이는 증상이 나타난다. 또 신장에서 온 간질은 오줌을 싸는 증상이 나타난다. 그리고 경기하는 사람은 간담과 심장맥이 떨고, 눈동자가 보통 사람보다 크다.

간질을 치료하는 방법은 머리를 사혈한 후 침을 겸한다. 침은 원인이 된 장부가 허(虛)한지 실(實)한지에 따라 오행침법(五行鍼法)

에 의거하여 허하면 정격(正格)을 쓰고, 실하면 승격(勝格)을 쓴다. 발병한 지 오래된 사람은 몸의 상태에 따라 치료를 한다.

간질은 10세 이전까지는 완전히 고쳐지나, 그 이상 나이가 들면 고쳐도 완전하지 못하고 가끔 1~2초간 약간 정신을 놓는 일이 있다고 한다. 그리고 5세 미만은 사혈하지 않고 침만 해도 간질이 고쳐진다고 한다.

중풍은 먼저 곡지, 족삼리, 현종, 접골에 각각 3장씩 3일간 직접 구로 뜸을 뜬다. 이곳에 뜸을 봄가을에 한 차례씩 뜨면 중풍이 예방된다고 한다. 그리고 나서 풍지, 폐유, 견정, 견우, 곡지, 족삼리, 현종, 절골, 지구, 합곡, 대돈, 태백에 침을 한다. 말을 못하는 사람은 뒷덜미의 아문, 풍지, 천주, 풍부 혈에 독혈이 꽉차 있다. 먼저 부항으로 사혈을 하고 침을 해야 말문이 터진다.

척추 측만은 24개 척추 위에 부항을 10분간 붙인 후 침을 달궈서 화침(火針)을 한다. 그리고 나서 부항을 붙여 사혈한다. 꼽추처럼 척추가 툭툭 불거지거나 옆으로 심하게 틀어진 사람도 점차 바르게 된다. 이때 정동맥을 피하고 척추 신경을 건드리지 않게 부항 침을 하는 것이 중요하다.

다리가 마목(麻木)되고 발적(發赤)이 되어 터지거나 터지려는 사람은 대돈과 은백을 보하고 경거와 상구를 사한다. 그리고 《동의보감》에 실려 있는 당귀 점통탕을 쓰면 구렁이 허물 벗듯이 하면서 낫는다.

한편 정정임 할머니는 병을 고치는 데 첫째가 진단이고, 둘째가

침이고, 셋째가 약이라고 한다. 간단히 진단법을 정리하면, 혀가 패인 사람은 심장, 소장, 심포, 삼초에 문제가 있는 사람이다. 혀 양쪽에 녹두알 같은 게 돋아 있으면 간담이 좋지 않은 사람이다. 이외에 정정임 할머니는 40여 년 동안 자득한 독특한 진맥법을 사용하고 있는데 지면관계상 생략한다.

그리고 이어지는 밑으로는 할머니가 40년 가까이 병자를 구료하면서 기억에 남는 구료담을 인터뷰한 기사 내용이 환자 시술 사진과 함께 몇 페이지 더 실려 있었다.

참으로 생각했던 것보다는 엄청난 할머니라는 생각이 들면서 할머니가 힘들게 살아온 날들 속에서 가장 가슴 아파했던 일들을 대충 메모해 둔 일기장을 펴 들고 읽어나가기 시작했다.

유년의 추억 속으로

부처님의 연기설(緣起說)에 의하면 각 사람의 타고난 운명이란, 그 텃밭 씨앗의 성질 곧, 그 파장에너지 기운에 의해서 부모와 자식이 서로 연을 맺고 태어난다고 했다.

그것이 천연에 의한 바꿀 수 없는 인간 숙명론으로, 국어사전에서 운명(運命)이란, 사람에게 닥쳐오는 모든 화복과 길흉, 숙명(宿命), 명운(命運)은 사람을 지배하는 큰 힘이라고 정의하고 있다.

이것이 인간 운명론(運命論)으로 모든 자연현상이나 사람의 일은 선천적으로 정해져 있어서 사람의 힘으로는 변경을 못시킨다는 체관(體觀)으로 숙명론(宿命論)이라고 정의하고 있다.

그래서 오이밭에서는 오이가, 호박 넝쿨에서는 호박이 열리듯 같은 파장 기운에 의해서 고리를 잇고 그 모습을 만들어내는 것이 자연 섭리로서 이것이 불가(佛家)에서 말하는 윤회의 법칙으로 연기설이다.

그런데 그토록 한 세월을 온갖 풍상을 겪어온 당년 82세 정정임 할머니의 이야기 속에서 그러한 하늘의 이치를 그 출생에서부터 더욱 생각해 보게 했다.

할머니는 1928년, 눈이 하얗게 내리던 동짓달, 전남 영암군 신북면 산소동에서 선조 대대로 한약방을 가업(家業)으로 이어온 아버지 정남귀씨와 어머니 윤귀례씨 사이에서 장녀로 태어났다.

이름은 정임이라고 했다.

어른들이 기대하던 첫 출산이 아들이 아니라 딸이었지만, 정임은 이름 그대로 어머니 아버지로부터 더없는 사랑을 받고 자랐다. 할아버지가 아버지 밑으로 남자 형제들만 4형제를 두었고, 어머니 역시도 남동생 하나만 있었기 때문이다.

그래서 딸을 사랑하는 아버지의 눈빛은 언제나 지긋하게 정임을 다독이면서 말했다.

"딸은 살림 밑천이란 것이여, 허허허…."

그렇게 아버지의 사랑을 독차지해 오던 정임은 3살 차이로 동생 차임이 태어나면서부터 달라졌다. 누구나 그렇듯 집안의 기둥이 될 아들이 태어나기를 바랐던 듯 아버지는 조금씩 눈빛이 소홀해지면서 바깥 일로 바빠지셨다.

산과 들에 파릇하게 새싹들이 돋아나고 있는 어느 봄날 저녁나절이었다.

밖엔 비가 내리고 있었다.

정임은 심심해졌다.

자주 찾아와 함께 놀아주던 삼촌들의 모습도 아버지가 계시지 않아서인지 눈에 보이지 않았다.

어머니의 치마를 붙들고 물었다.

"엄니야, 왜 삼촌들이 안 오지?"

"그래도 식구라고 찾는 거여?"

"그냥 심심하니까."

그러자 어머니는 힐끗 한 번 돌아다보시고는 동생 차임을 등에 업고 대문 쪽으로 나가시면서 알듯 모를 듯한 소리를 흘리셨다.

"밥을 먹어야 할 텐디 입이 아파서…. 독하고 모진 느그 할무니여, 흐흥!"

그 말을 뒤로 하고 어머니가 막 방문을 열었을 때였다. 말을 몰고 대문 안으로 선뜻 들어서는 웬 아저씨가 있었다. 처음 보는 얼굴이었다.

마당 안으로 성큼 들어와 말 등에 실려 있는 큰 상자 안에서 작은 상자 하나를 꺼내 어머니 앞에 내려놓으면서 말했다.

"이 상자 받으시죠, 그럼 또 들르겠습니다."

그 아저씨는 바쁘게 물건을 내려놓고 대문 밖으로 사라졌다.

그가 사라진 잠시 후 아버지의 모습이 나타났고, 그 뒤를 따라 동네 사람들의 얼굴이 하나둘씩 나타나더니 이윽고 많은 사람들이 몰려들어 웅성거리기 시작했다.

그러자 아버지가 그들을 둘러보며 말했다.

"모두 일렬로 서서 담배를 받아 가시지요."

그러니까 아버지는 농사를 짓는 한편 그 당시 유일하게도 군(郡)에서 담배 점포 허가를 취득하여 동네 사람들에게 이런 저런 물건들을 판매하고 있었던 것이다.

거기에서 모아진 이익금으로 아버지가 밖에서 사들여 온 것이 개화기에 동네 사람들이 처음 보는 축음기였다.

그만큼 정임네 생활은 그 동네에서는 가장 여유로웠다.

어린 정임은 그 상자 같은 축음기 속에서 가락 넘치는 구성진 노래 소리가 나오는 것이 그렇게도 신기할 수가 없었다. 거기에서 들려오는 노래 소리는, 당시 한량들이 즐겨 부르던 우리 시조가락인 '쑥대머리'가 나오고, 춘향가, 심청가, 만고강산(萬古江山)에 낙화유수(落花流水), 그리고 "봄이 왔네, 봄이 와~. 숫처녀의 가슴에도 봄이 와~"하는 유행가 등이었다.

그 축음기판에서 흘러나오는 노래 소리가 정임이 뿐 아니라 농촌 사람들에게 있어서도 여간 신기한 것이 아니었다. 그래서 동네 사람들은 청명한 아침이면 들에 나가 논밭갈이를 하고 어둠이 깔리면 동네로 들어서면서 정임이네 집 담벼락을 기웃하기도 했다.

특히 비가 오는 날이면 동네 사람들이 추적추적 정임의 집으로 모여들었다.

그런 어느 날이었다.

밖은 비가 내리고 있었다.

홍이 많으신 아버지는 축음기판을 올려놓고 틀으시면서 그 장단 가락에 맞추어 발가락을 까닥까닥해 보이면서 옆에 있는 어머니를 보고 물었다.

"당신은 어떻소? 기분이…."

"생각보다 참 듣기가 좋으네요."

어머니 역시도 흐뭇한 표정으로 대답했다.

그 축음기판 노래 가락이 담을 넘어가면서 이윽고 이웃집 사람들이 하나둘씩 모여 들었고, 그 중에서도 홍이 많은 사람은 그 장단 가락에 맞추어 덩실덩실 어깨춤까지 추어 보이기도 했다.

정임은 신나게 노래를 들려주는 축음기 친구를 얻었다는 게 더없이 기뻤다.

그래서 열심히 그 가락 흉내를 내면서 어깨까지 덩실거렸다. 그 덕분에 동네 친구들의 놀이터가 된 정임이네 집이었다.

동네 놀이터가 된 정임이네 집 마당 옆에는 연못이 있었다. 그 연못 둘레로 감나무, 뽕나무, 석류나무, 살구나무 등이 둘러싸고 있었고, 안채 옆으로 사랑채가 있었다.

그 옆으로 큰 오동나무 세 그루가 서 있었고, 또 석류나무, 불가죽나무 등이 서 있는 옆으로 변소와 돼지우리가 있는 뒤꼍에는 텃밭도 있었다.

100호가 넘는 시골 동네에서 다섯 번째로 크다는 집이었다. 그래서 동네 아이들의 놀이터로는 훌륭한 집이었다.

자식은 부모를 보고 배운다던가, 날이 밝아 동네 아이들이 몰려

오면 정임은 재미있는 소꿉놀이로 생활 속에서 어깨 너머로 보아 온 아버지의 약을 짓고 상처를 치료하는 인술흉내를 냈다.

그러니까 환자를 치료하는 약방 아저씨 역이었다.

생솔 잎을 주워다가 소꿉놀이로 환자 배꼽에다 솔잎 침을 놔주었다.

그리고 부엌 아궁이에서 숯을 주워 으깨어 가루를 만들고 거기에다 황토 흙을 퍼다 주물러서 약이라고 먹이기도 했다.

그런 정임의 소꿉놀이터가 된 것이 뒤꼍 큰 상수리나무 밑이었다. 그 나무 밑 황토는 흙이 고와서 소꿉놀이에 안성맞춤이었다.

그래서 그 황토 흙을 떠다 붓고 침도 뱉고 때로는 오줌도 싸고 해서 그 황토 흙을 주물러 만든 것이 약이었고, 그것을 솔잎 침을 놓은 자리에 붙여주곤 했던 것인데 그 소꿉놀이가 어느 날 말썽이 된 것이다.

밖에서 큰 소리가 들렸다.

"정임이 안에 있냐? 요것들이 소꿉놀이를 해도 그렇지 그래. 이게 뭣하는 짓들이여."

소꿉놀이 친구 영임이 어머니였다.

그 옆으로 영임이 울상인 채 그 어머니의 치맛자락을 붙들고 있었다.

영임 어머니는 정임을 보자 조금은 언성을 낮추면서 말했다.

"어떻게 소꿉놀이를 했기에 우리 막내 영임이 창자가 요러큼 썩어 들어가게 만들어 놓니, 너는?"

정임은 가슴이 뜨끔했다. 하지만 입 밖으로 생각지도 않은 말이 불쑥 튕겨져 나갔다.

"고쳐 주면 되죠, 뭐."

"뭐야. 네가 고쳐 준다고? 그래, 어디 고쳐봐라, 꼭 고쳐줘야 한다."

영임 어머니는 어린 정임이 말을 믿어서라기보다는 선대로부터 물려받은 아버지의 민간치료법을 믿기에 그대로 맡겨놓고 바람처럼 휑하니 사라졌다.

그러나 그 마음을 아직 어린 정임은 헤아리지 못했다.

영임을 데리고 집 뒤켠으로 돌아가 소꿉놀이하던 약방 멍석 위에 눕게 했다.

그리고 단추를 끄르고 배꼽 주위를 살피다가 그만 정신이 아찔했다.

소꿉놀이로 생솔 침을 놓았던 배꼽 주위에서 진득한 농이 흐르고 악취가 나는 것이었다.

'어쩌지?'

내심 겁이 더럭 났다.

그러나 그것이 어려서부터 타고 난 정임의 기질 같은 것이었다고나 할까.

아버지가 가끔씩 보여준 민간요법으로 퍼뜩 쑥이 생각났다.

담장 밑에 지천으로 널려 있는 쑥을 뜯어다가 돌 위에 올려놓고 침을 뱉어 짓이겼다.

그리고 그것을 황토와 뭉쳐 영임의 배 상처 부위에 붙였다.

해가 질 무렵까지 계속 갈아붙였다.

그런데 다음날 놀랍게도 영임의 배 상처에서 흐르는 농이 멎어 있었다.

다시, 5, 6일이 지나자 그 자국만 남았다.

정임은 자신이 생각해도 신기했다. 그 이야기를 아버지 어머니 앞에서 자랑처럼 늘어놓았다.

그러자 아버지가 조금은 어이가 없다는 듯이 말했다.

"가스나 뭐가 될라고 겁도 없이 그 참."

"참말로 피는 못 속인다더니, 누가 당신 딸이 아니랄까 봐서 하는 짓도 닮았네요, 뭘."

어머니가 그 사이를 끼어들면서 하는 말이었다.

그런데 그것이 동네에 입소문으로 퍼져 나가면서 소꿉장난이 아닌 상처를 치료해 달라고 찾아오는 사람들이 있었다.

어느 날 같은 마을 소복이 아버지가 나무를 패다가 발등을 찍어 피를 흘리며 찾아왔다.

그리고 정임에게 그 황토 쑥버무리를 만들어 붙여달라는 것이었다.

어른이 자신이 만든 그 황토 쑥떡 약을 믿어준다는 것이 어린 정임의 마음에는 더 없이 기뻤다.

팔딱거리며 뛰어가 보란 듯이 황토 쑥떡을 만들어다가 계속 갈아 붙여주었다.

그러자 역시 상처가 아물었다.

그 이후 집안에서도 그랬지만 동네 사람들 역시도 정임을 대하는 눈빛이 달라졌다.

심지어는 어린 것이 약사보살이 들었다는 말을 서슴없이 하는 사람도 있었다.

그런 입소문 때문이었던지 어느 날 동네 함몰댁이라고 하는 아주머니가 뒷목에 발치가 생겼다며 이제 여섯 살 된 정임을 마치 의사처럼 찾아와서 말했다.

"정임아, 이 발치 좀 치료해 줄래? 아파서 말이야."

"어디 봐요."

그때쯤 정임은 대담해져 있었다.

그 아주머니 뒷목을 살폈다.

발치가 노랗게 농이 들어 있었다.

정임은 구시뽕나무 가시로 농이 든 발치 더께를 찔렀다.

고름이 솟구쳐 나왔다.

"어머, 이 고름 좀 봐."

그러자 아주머니가 말했다.

"그래, 살이 곪느라고 그렇게 아팠구나. 힘껏 눌러 꽉 좀 짜 줄래."

"제가요? 가만 계셔요."

그리고 정임은 사랑채 쪽을 향해 아버지를 불렀다.

"아버지! 빨리 좀 나와 보셔요."

"무슨 일인데 그렇게 숨이 넘어가는겨?"

아버지가 밖으로 뜨막하게 모습을 나타내면서 얼굴 가득히 물음
표를 만들어냈다.

"빨리 와 보셔요."

"뭔데 그러는겨? 어?! 아주머니가 웬 일이쇼?"

아버지는 한 쪽 벽을 기대고 쭈그리고 앉아 있는 함몰댁을 보자
달려 나오면서 눈을 휘둥그렇게 떴다.

그리고 곧 그 펼쳐진 광경을 보자 대충 상황이 짐작이 가는 듯
껄껄 웃으면서 함몰댁 목 주위를 살펴보더니 이윽고 두 손으로 발
치의 고름을 있는 힘껏 꽉 짜내면서 말했다.

"시원하시겠소. 여자는 발치, 남자는 등창이라고 하는 것이요.
이제 짜냈으니 약은 정임이더러 붙여 주라고 하십시오. 허, 허,
허…"

정임의 황토 쑥버무리 약 실력을 아버지도 인정한다는 말이었
다. 아버지는 그 말을 남기고 사랑채로 들어가고 정임은 그 발치
농이 터져 나온 자리에 숯가루에 황토 쑥버무리를 만들어 붙여 주
었다.

그야말로 심심풀이 소꿉놀이가 어쩌다가 진짜 약방치료 의사처
럼 비약된 것이었다.

그로부터 정임의 소꿉놀이는 점점 더 신바람이 났다.

어느 가을날이었다. 마당에는 볏 짚단이 지붕보다 높이 쌓였고,

다음날부터 벼를 훑어 내리는 홀태기계가 어머니의 손놀림으로 작동을 하기 시작했다.

어머니 손놀림의 밑으로 벼의 낱알이 수북하게 쌓일 때쯤 어머니의 등지게 저고리는 땀에 흠뻑 젖어 있었고, 이마에 비지땀을 씻어내는 어머니의 눈가에는 저물어가는 석양 노을빛이 아른거리고 있었다.

며칠을 두고 그러한 어머니의 손놀림 속에 높이 쌓였던 볏 짚단이 바닥이 드러나 보일 때쯤이었다.

아버지는 훑어진 벼 낱알을 가마니에 쓸어 담아 소달구지에 실어 공판장으로 내보내면서 한숨 섞인 어투로 말했다.

"망할 놈의 세상, 언제까지 이 공출을 해야 하는 건지…."

공출이란 것이 무엇이기에 아버지가 먼 산을 쳐다보며 긴 한숨을 내쉬는 건지 정임은 그것이 궁금했다.

아버지를 보고 물었다.

"우리 나락을 어디로 실어가는감유?"

"응, 공출로 공판장에 가는 거여."

"공출? 그게 뭔데?"

"쪼깐헌 것이 알고 싶은 것도 많네 그랴. 허허허…."

당시 조선총독부에서는 징용에 나간 우리 병사들을 먹인다는 미명 아래 농민들로부터 의무적으로 공판장에서 헐값으로 매도하는 것이 공출로, 말하자면 전쟁의 군량미로 거둬들이는 것이었다.

그래서 농민들은 땀 흘려 지은 일 년 농사를 나라에 공출로 바치고 초근목피로 연명해야 했다.

그것이 바로 농촌 농민들이 한숨을 내쉬며 울고 넘어야 하는 '보릿고개' 사연을 만들어 내는 것이었다.

그처럼 일제의 식민지 통치 아래 있었던 국민들은 자율이라는 개인의사는 묵살당한 채 일제의 노예나 마찬가지였다. 그것이 주권을 잃어버린 나라가 겪는 압박과 서러움이었다.

그러나 아직 세상을 몰랐던 정임은 마냥 행복하기만 했다.

동네 소꿉친구들이 눈만 뜨면 찾아왔고, 또 동네 어른들의 시름을 달래 주는 축음기가 그 기쁨을 더해 주고 있었기 때문이다.

즐거움은 그뿐이 아니었다.

농촌의 의례적인 공출 공판이 끝나면 어른들은 들에 나가 콩과 팥을 거둬들여 멍석을 깔고 도리깨로 두들겼다.

그럴 때면 여기 저기 튕겨져 나간 낟알들을 치마에 주워 담는 일이 그렇게 재미있을 수가 없었다.

사랑받는 부모 밑에서 어린 눈에 비치는 세상은 그저 재미있고 모든 일이 그처럼 아름다워 보이기만 했다.

가을 추수가 끝나고 산에 들에 흰 눈이 쌓인 겨울이 오고 정월 명절이 닥치면서 어머니의 손놀림은 다시 바빠지고 있었다.

음식 솜씨와 바느질 솜씨가 동네에서 소문나기로 좋은 어머니였다.

손꼽아 기다려지던 설날 아침이었다.

어머니는 그 동안 밤을 새워 지은 색동저고리와 또 예쁘게 수를 놓은 꽃버선을 발에 신겨주고 설빔을 입혀 주면서 말했다.

"외할아버지, 할머니한테 가서 세배하고 와야 하는거. 절하는 거 엄니가 가르쳐 줬지?"

"응, 꽃 주머니도 달아줘."

"가시내, 뭘 안다고 주머니부터 챙긴다냐."

어머니는 웃으면서 예쁜 꽃 주머니를 정임의 옷고름에 매달아 주면서 말했다.

"어여 갔다 와."

외갓집은 윗동네에 있었다.

정임은 아장걸음을 걷는 동생 차임의 손을 잡고 집을 나와 외갓 집 대문을 들어섰다.

"아이고 내 새끼들, 인자 많이 컸구나. 즈그끼리 세배도 올 줄 알 고."

외할머니가 버선발로 뛰어나오시며 말했다.

정임은 차임이와 함께 어머니가 가르쳐 주신 대로 할아버지 할 머니 앞에서 큰 절로 세배 인사를 드렸다.

은근히 기다렸던 대로 할머니는 정임의 저고리 앞섶에 대롱거리 는 꽃 주머니 속에 돈을 넣어주면서 말씀했다.

"그래, 새해에도 건강하고…. 엄마 아빠 말 잘 듣고, 알았지?"

정임은 벌써부터 앞섶에 대롱이는 꽃 주머니에 온통 마음이 매 달려 있었다.

할머니가 차려다 준 떡국을 먹는둥 마는둥 주머니를 만지작거리며 수저를 놓고 집으로 달음질하듯 걸음을 재촉했다.

돈주머니를 만지작거리며 신바람이 난 정임이었다.

대문을 열고 큰 소리로 어머니부터 찾았다.

그런데 아무 대답이 없었다.

집안은 조용한 채 어머니의 모습도 아버지의 모습도 눈에 보이지 않았다.

"으응, 아무도 없네."

정임은 두리번거리다가 동생의 손목을 잡고 동네 안에 있는 마을회관으로 향했다.

도착했을 때는 명절이라고 나름대로 각색 설빔을 걸친 동네 오빠 언니들이 삼삼오오 짝을 지어 놀고 있었고, 그 한쪽 끝 미나리꽝 둔덕에 정임의 소꿉놀이 친구들이 놀고 있는 것이 보였다.

달려갔을 때는 모두들 기다리기라도 한 것처럼 반가워했다. 정임은 동생 차임을 그 한쪽에 앉혀 놓고 친구들과 어울려 놀다가 그만 미나리꽝 물구덩이 속으로 미끄러져 울상이 되고 말았다. 어머니가 밤을 새워 정성들여 만들어준 꽃버선과 설빔으로 입혀준 색동저고리까지 진흙탕에 엉망이 되어 버렸기 때문이다.

집에 돌아가서 어머니에게 야단맞을 생각하니 벌써부터 울음이 나왔다.

도무지 집에 들어갈 용기가 나지 않았다. 끝내 집에 들어갈 용기가 나지 않은 정임은 생각 끝에 울먹이는 동생 차임을 대문 안으로 달래서 들여보내고 그대로 달음질을 쳤다.

그리고 몸을 숨긴다는 것이 어느 집 소나무 땔감을 쌓아둔 담벼락 밑 사이로 기어들어 오돌오돌 떨다가 그대로 잠이 들고 말았다.

얼마쯤 지났을까?

둔탁한 남자의 목소리에 눈을 떴을 때는 캄캄한 밤이었다.

"너 정서방 댁 정임이 아니냐? 니가 왜 여기 와서 자고 있는겨? 어여 일어나 집으로 가자, 감기 든다."

그런데 정임은 그 아저씨 얼굴을 보고 깜짝 놀랐다.

그 아저씨는 언젠가 아버지 어머니가 집을 비운 사이 마루 위에 올려 둔 상자 속에서 말도 없이 담배를 꺼내간 그 아저씨였기 때문이다.

'분명히 그 아저씨가 맞는데…'

정임은 그 아저씨가 깨워서 데려다준 덕분에 무사히 집으로 돌아왔다.

그때까지도 어머니 아버지 모습은 보이지 않았고, 동생 차임은 잠이 들어 있었다.

시장기가 들어 부엌에서 이것저것을 챙겨 먹고 막 잠자리에 들려고 할 때였다.

외출을 나갔다가 들어오는 어머니 아버지의 말소리가 밖에서 들려 왔다.

"요것들이 잠이 들었는갚네."

정임은 그 동안 아무 일도 없었던 것마냥 일어나 밖으로 얼굴을 내밀었다.

어머니의 손에 무겁게 들려 있는 보따리가 아마도 친척집에 명절인사를 다녀오는 것 같았다.

아버지가 방으로 들어오기도 전에 정임은 무슨 비밀이라도 알아낸 듯 그 말을 꺼냈다.

"아부지 있잖아유, 지난번에 우리 집에 와서 말없이 담배 가져간 아저씨 내가 알아냈거든요."

"정말이냐?"

"그래유."

그리고 정임은 그 아저씨 집을 일러주었다. 그러자 아버지는 껄껄 웃으면서 말했다.

"오늘이 정월 초하루다. 그게 사실이라 하더라도 지난 일을 새삼스럽게 꺼내 서로가 불편해지는 것은 동네에서 좋은 일이 아녀. 그러니께 너도 안 본 것으로 혀, 알았지야?"

정임은 그런 아버지가 이해되지 않았다.

할 말을 잃고 아버지의 얼굴만 쳐다봤다.

그러자 아버지는 입가에 웃음을 흘리면서 말했다.

"저것이 고추를 달고 태어났으면 당차게 뭔가 해낼 아였는디…."

아버지가 딸을 바라보는 눈은 그랬다.

그런 아버지로부터 정임이 염려의 꾸중을 듣는 것은 언제나 밥상 앞에서였다.

"배가 고파서 이 집 저 집 밥 얻으러 다니는 애들도 있는디 밥 먹는 것이 어째 깨작허니 그러냐. 밥을 쑥쑥 많이 먹어야 동생보다 많이 크지. 윗집 옥동이네 봐라, 아침저녁 끼니가 없어서 동네에 밥 동냥 다니고 하는 거."

그러나 정임은 가난이 무엇인지를 몰랐기에 그만큼 세끼 밥을 챙겨 먹을 수 있게 해준 부모님의 고마움을 크게 느끼지 못했다.

당시는 일제 치하 20년이 넘은 때라 농촌은 나라에 바치는 공출로 굴뚝에 연기가 오르면 그 집으로 밥 동냥을 하러 다니는 아이들이 많았다.

그렇게 밥을 먹기가 쉽지 않았던 시절이었다. 그래서 배가 고픈 아이들이나 어른들은 산에 올라가 연한 풀뿌리나 칡뿌리를 캐먹기도 했고, 또 소나무 껍질 속에 붙어있는 송기를 긁어내 야금거리기도 했다.

그처럼 모두가 허기지고 가난했던 시절, 그 고마움을 모른다는 투로 아버지가 정임을 보고 하는 말이었다.

"가스나가 들어온 복도 나가게 밥을 먹고 있네."

"먹기 싫으니까 그렇지."

"그럼 넌 도대체 뭐가 먹고 싶은겨?"

"눈깔사탕."

"그 참."

그 시절 아이들이 눈깔사탕을 먹을 수 있다는 것은 그만큼 여유로움을 상징했다.

딸 정임을 애틋하게 사랑하는 아버지는 외출에서 돌아오는 길에 곧잘 눈깔사탕을 사다가 안겨 주곤 했다.

그러고 보면 어쨌거나 유복한 가정에서 태어난 정임이었다. 그러나 그것이 부모님이 남 다르게 만들어낸 지혜와 부지런함 때문이란 것을 당시는 알지 못했다.

어느 따스한 봄날이었다. 이모가 찾아와 어머니와 도란도란 옛이야기를 주고 받고 있었다.

"지금도 생각하면 시집살이 몸서리가 나네, 저 가스나 정임이 태어났을 때 말이여. 추운 겨울인디 방은 냉골이고 하필이면 젖유종을 앓아 아파 죽겠는디 가스나는 배가 고파 울어대고 살 수가 있어야지. 차라리 죽었으믄 싶드구만. 그때 저 가시나가 젖배를 곯아서 그런지 밥 먹는 것도 깨작거리고 키도 안 크지 뭔가. 참말로 지난 일을 생각하면 어찌 살아왔는가 싶네. 문지방 하나 사이 둔 시부모님 눈치 보느라고 큰 숨 한 번 못 내쉬고 살았으니께…."

"그래도 이제 이렇게 형님이 세간을 났으니께 얼마나 다행한 일이요. 젖도 못 먹고 큰 정임이 이제 서당에도 보내고 학교도 보내고 형님 마음대로 하게 됐으니 말이요."

"그래, 내가 하고 싶어도 못했던 공부 그 소원 저 새끼들한테 풀어 볼라네. 다행히 가시나가 당차고 머리가 좋아서 축음기에서 나오는 노래도 한두 번만 들으면 그대로 따라하지 뭔가."

이모와 주고 받는 이야기로 보아 아프게 살아왔던 어머니 세대의 슬픔을 대충은 짐작할 수가 있었다.

어른들의 눈에 그처럼 당차게 보였던 정임은 그 당찬 기질로 어느 날 사고를 내고 말았다.

대문을 열면 집앞 조그만 개울이 있었다.

그런데 비가 오는 날이면 그 개울에 미꾸라지, 붕어새끼, 잔 새우들이 올라오는 것이었다.

그날도 부슬비가 내리고 있었다.

동네 장난꾸러기 사내아이들이 그 개울에서 놀고 있었다.

그 속에 앞집에 사는 준호라는 개구쟁이도 끼어 있었다.

그 개구쟁이 준호가 개울가에 구덩이를 파다가 정임을 보자 마치 왕초라도 되는 듯이 명령조로 말했다.

"너 이리 와 구덩이에 들어가 봐."

"나보고 구덩이에 들어가라고? 싫어."

"내 말 안 들으면 너 죽어, 알았어?"

그 말을 하면서 준호는 툭툭 발길질을 해댔다.

"어어, 나를 때려? 글고 니가 뭔데 나를 죽여? 흐흥!"

말은 그렇게 했지만 아무래도 힘으로는 못해 볼 것 같았다. 그래서 그 말을 뒤로 남기고 있는 힘껏 집으로 도망쳤다.

그리고 집에 들어와 짚신 만들 때 두들기는 나무망치를 치마 속에 숨겨 들고 나가 준호의 이마를 때려 갈겨 주고 다시 집으로 도망쳐 와 숨어 버렸다.

그런데 잠시 후 바깥 대문 밖이 시끄러워지면서 사람들이 안으로 몰려들어와 마치 어머니가 죄인이나 되는 것처럼 몰아세웠다.

정임은 보지 않아도 준호네 집 식구들이라는 생각이 들었다.

날카로운 여자의 목소리가 펄펄 날았다.

"정임이 가시나 내놓으시오. 우리 아들 머리를 이렇게 상처를 내고 달아나다니, 그것이 가시나가 할 짓이요?"

"죄송해서 어쩌지요. 하지만 애들이 놀다가 그런 것이니께 이해를 좀 해 주시오 잉, 어쩌겠소. 철없는 애들이 그런 것잉께……."

딸을 대신해서 빌어대는 어머니의 목소리가 듣기에 더 없이 애처로웠다.

몸을 숨기고 엿듣고 있던 정임이었다.

딸을 대신해서 만삭의 몸으로 야단을 맞고 있는 어머니가 가여웠다.

불쑥 튀어나가 준호 어머니를 향해 당차게 쏘아댔다.

"누가 먼저 잘못 했게요. 아무 죄도 없는 나를 구덩이를 파 놓고 안 들어가면 죽인다고 발길질을 해대는데 그럼 가만 있어요? 그래서 나도 한 번 패줬죠, 뭐."

정임의 그 말에는 할 말이 없는지 조용해졌다.

그 사이를 가르고 어머니가 준호 앞으로 다가서면서 가만하게 말했다.

"너는 정임이보다 나이도 많고 크잖아. 그런데 저 쪼깐한 가시내 어디 때릴 것이 있다고 때리면 쓰나. 다음부터는 동생처럼 잘 데리고 놀아라 응."

그리고 어머니는 준호의 피멍울진 이마를 쓰다듬어 주시면서 다독이듯이 말했다.

"상처가 많이 아프겠구나. 그래도 그만하기 다행이다. 들어가서 약 바르자."

어머니가 나긋하게 다독이며 하는 말에 몰려왔던 준호네 집 식구들은 오히려 무안한 듯 인사를 하는 듯 마는 듯 모두들 뒤돌아서 나가 버렸다.

그 뒷자리에 정임과 어머니만 우뚝 남아 있었다.

얼마만에 어머니가 정임을 보고 나무라듯이 말했다.

"도대체 겁도 없는 가시나지 그래, 어쩌자고 지보다 큰 준호 마빡을 치고 들어와 숨는 겨, 숨기를…. 너 아버지한테 일러 혼 좀 나야겠다."

그때 쯤 어머니는 갑자기 배가 아파오는지 그대로 배를 움켜쥐고 방으로 들어가 버렸다.

정임은 무안해서 따라 들어가지도 못하고 토방 위에 말아 세워 둔 죄 없는 멍석만 발길질을 해대면서 입을 옴질거렸다.

어머니가 아버지한테 일러서 혼 좀 나게 할 것이라는 그 말이 마음에 걸려왔기 때문이다.

세상 배움의 첫 걸음

그날 밤 배를 움켜쥐고 방으로 들어갔던 어머니는 마침내 다음 날 정오가 되면서 만삭의 몸을 풀었다.

딸이었다.

새벽녘 밭일을 나가셨다가 그 소식을 전해 들은 아버지가 급히 뛰어 들어오시면서 말했다.

"부정 못 타게 쌈줄을 걸어야겠는디, 언놈이 우리 사립문 옆에 죽은 개를 갖다가 버렸네 그랴. 상문이라도 들믄 어쩌지? 그 참…"

그 말을 하고 아버지는 태어난 아이가 또 딸이라는 것을 듣고 실망한 표정이 역력했다. 입을 쩝쩝하면서 세 번째 딸이라고 이름을 삼례라고 했다. 두 아우의 언니가 된 정임이었다.

어머니가 해산한 지 한 달 무렵이 지났을 때였다.

아버지는 뭔가를 보자기에 싸면서 말했다.

"정임아, 아버지 따라가자. 이제부터 너도 공부해야 하는거."

아버지가 정임을 데리고 들어간 곳은 윗마을에 있는 서당이었다. 방안에는 훈장선생님인 듯 보이는 어른 한 분과 그 앞으로 글을 배우는 학생들이 둘러 앉아 있었다.

모두들 정임보다 나이가 많은 늦배우기 학생들로 개중에는 어른들도 끼어 있었다.

그날부터 정임은 그 속에 끼어 앉아 하루에 여덟 자씩 천자문을 외우고 쓰기 시작했다. 그러니까 처음 쓰고 배운 글자가 천지현황(天, 地, 玄, 黃)이었다.

훈장님은 생각보다 엄했다. 하루에 여덟 자씩을 외우고 쓰지 못하면 집에 보내지 않겠다고 겁을 주기도 했다.

정임은 그 앞에서 벼루에 먹을 갈고 쓰면서 동네 친구들과 약방 왕초 노릇할 때가 좋았다는 생각에 곧잘 머리를 들곤 했다.

처음 얼마 동안은 더욱 그랬다. 그래서 어느 날 멍하니 벼루 먹을 갈다가 선생님으로부터 야단을 맞고 있을 때였다.

아버지가 정임의 공부하는 모습을 보려고 얼굴을 내밀었다.

순간 정임은 반가움에 그만 울음을 터뜨리고 말았다.

그러자 아버지는 정임을 등에 들쳐 업고 집으로 돌아오면서 달래듯이 말했다.

"노는 것도 좋지만 사람 노릇할라치면 배워야 하는거."

아버지의 생각은 그랬다.

그래서인지 아버지는 틈이 나는 대로 어머니에게 주산도 가르쳐 주고, 또 일어 공부도 하게 하면서 말씀했다.

"사람은 시대에 따라서 배워야 하는겨."

그때를 놓치지 않고 정임은 아버지를 보고 말했다.

"나도 야학에 들어가서 공부하고 싶은디…."

"그려. 우선 기초적인 천자문부터 배우고 나면 야학에 보내 주지."

그 말에 정임은 열심히 천자문을 쓰고 배워 한달만에 천자문 기초를 끝냈다. 그리고 약속대로 야학에 들어갔다.

1학년에 입학했으나 반에는 나이 많은 언니들도 많았고, 또 오빠 같은 학생들도 많았다. 나이보다 체구가 작은 정임을 맨 앞자리에 앉혀 주면서 선생님이 말씀했다.

"이제 일곱 살짜리 학생이다. 그러니 동생처럼 모르는 것이 있으면 서로 보살피고 가르쳐주기 바란다."

그렇게 정임에게 야학 공부가 시작되었다. 하지만 서당에서 천자문을 배우고 또 아버지 어머니로부터 기초적인 공부를 한 때문인지 "선생님 안녕히 주무셨어요." 또 "떴다. 떴다. 해가 떴다." 하는 것이 1학년 교과서에서는 더 이상 배울 것이 없는 것 같았다.

정임은 당돌하게도 더 배울 것이 없으니 다른 데 가서 주산을 배우겠다고 선생님에게 말했다.

그러자 가만히 생각해 보던 선생님은 이윽고 결단을 내린 듯했다. 그래서 2학년 교실로 보내졌다. 그러니까 월반을 한 셈이었다.

2학년 교실은 1학년 학생보다도 체구가 큰 오빠들이 많았다.

2학년 선생님 역시도 정임을 맨 앞자리에 앉혀 주었다.

수업이 끝났을 때였다. 오빠 같은 학생들이 정임을 보고 키득거리며 놀려댔다.

"저런 꼬마가…."

그로부터 같은 반 학생들은 정임이 이름 대신 '꼬마야'라고 불렀다. 그렇게 시작한 2학년 공부였다. 하지만 1학년 교과서나 마찬가지로 정임은 별로 배울 것이 없다는 생각이었다. 수업시간이 끝나고 집으로 돌아와 어머니에게 그 말을 했다.

"2학년 교과서도 뭐 별 게 아니데요, 뭐."

어머니는 잠시 어처구니가 없다는 듯 웃었다. 그리고 그처럼 당찬 기질의 딸이 오히려 염려가 된다 싶었던지 말했다.

"알아도 처음부터 차분하게 배워야 하는겨."

그러자 옆에서 듣고 있던 아버지가 웃으면서 말했다.

"똑순이라 엄마보다 빨리 배운 것 같소. 당신 어깨 너머로 말이요. 핫, 핫, 하……."

아버지는 그런 딸이 오히려 대견스럽다는 듯이 크게 웃음을 터뜨렸다.

그러나 그런 아버지의 호탕한 웃음이 그 날로 마지막이 될 줄은 정임은 꿈에도 생각지 못했다.

마을에서 보리타작 소리가 이 집 저 집에서 들려오고 정임의 집 마당에도 보릿단이 수북이 쌓인 어느 날이었다.

아버지는 일꾼들과 함께 보리타작을 하다 말고 집을 나가더니 그 길로 여러 날을 종무소식인 채 모습이 보이지 않았다.

무슨 영문인지 몰라 정임은 어머니에게 물었다.

"아부지는 어디 가셨대유? 보리타작하시다 말고…."

"그걸 알면 내가 이렇게 답답하겠냐? 무슨 귀신이 씌웠는가 아무 말도 없이 집을 나간 이 인간, 어디 들어오기만 해봐라."

그리고 어머니는 뒤로 돌아앉아 가만하게 두 볼에 흐르는 눈물을 손등으로 훔치고 있었다.

정임은 무슨 일인지 영문을 몰라 가슴이 답답했다. 아버지가 말 없이 가출해 버린 집안 분위기는 웃음 흐드러지던 옛날과는 달리 어둡기만 했다.

그런 어느 날 아버지는 초췌해진 모습으로 집으로 돌아왔다. 정임은 더 없이 기뻤다. 그러나 웬지 어머니와 아버지 사이는 전과 같지 않았다. 본체만체 했고, 어쩌다가 주고 받는 말도 퉁명스럽게 냉기가 흘렀다.

그처럼 어두운 집안 분위기가 정임은 어쩐지 불안하기만 했다. 아버지가 또 훌쩍 집을 나가 버릴 것만 같았기 때문이다.

그런 정임의 마음과는 달리 어머니는 동네 사람들에게는 친절하면서도 아버지에게만은 여전히 냉담했다.

참으로 어른들의 마음을 이해할 수가 없는 채, 정임은 그런 분위기가 점점 답답하기만 했다.

집안 분위기가 어둡게 흐르는 동안 어느새 들에는 가을 추수가 시작되고 있었다.

그런 가을 어느 날 목포에 계신 이모가 찾아왔다. 그리고 정임은 어머니와 주고 받는 이야기를 우연히 엿듣게 되었다.

"전에는 남다르게 사이좋게 지내시드니 갑자기 왜 그래요? 형부 같이 좋으신 분이 또 어디 있다고….'

이모가 어머니를 보고 하는 말씀이었다.

"글쎄, 내 마음 나도 모르겠어. 그러니까 셋째를 낳고부터였어. 어쩐지 그 몸에서 냄새가 나고 그래서 잠자리를 억지로 하면서 미워했드니 심술이 났는지 일하다가 말고 말도 없이 집을 나가 버리지 뭐야. 그러니 더 보기도 싫고……."

어머니는 그 말을 하면서 긴 한숨을 내쉬었다.

"혹시 애 낳고 부정을 탄 거 아뇨? 누가 그럽디다. 산모가 애 낳을 때 남편이 부정을 타고 들어오면 그렇다고."

"참말로 그런가도 모르겠네. 저것 삼례 아부지가 애 놓던 날 죽은 개 시체를 보고 들어왔다더니 그 개 냄새를 묻혀 들어 왔을까?"

주고 받는 이야기를 엿듣고 있던 정임은 이모의 말씀대로 그런지도 모른다는 생각이 들었다.

아버지는 평소에도 정갈하신 성격으로 언제나 단정했고, 몸에서는 아무 냄새도 나지 않았기 때문이다.

그런데 다음 어머니의 말이 가슴을 뜨끔하게 했다.

"웬수 같은 사람, 집 나가기 전에 억지로 당한 것이 또 임신이 됐지 뭔가. 또 딸을 낳으면 내 손으로 없애 버릴 거여."

그 말에 정임은 전에 없이 어머니가 미워지고 또 무섭게 느껴졌

다. 이전에 어머니에게서 한 번도 느껴보지 못한 살기 어린 목소리
였기 때문이다.

그때서야 정임은 두 분 사이에 흐르고 있었던 냉기의 원인을 대
충 짐작하면서 서러워졌다.

정임에게 있어서는 더 없이 인자했고 다정다감했던 아버지 어머
니 사이가 그렇게 멀어지고 있었다니, 도무지 믿어지지가 않았다.
아니 아직 세상을 모르는 어린 정임은 그처럼 복잡한 어른들의 세
계가 도무지 이해가 되지 않았다.

그 해 여름이 가고 또 추수하는 가을이 돌아왔다. 동네는 다시
일손으로 바빠졌다. 벼 타작이 끝나고 동네에서는 공판장으로 실
어갈 공출 가마니 짜기에 분주해졌다. 집집마다 할당된 가마니와
새끼줄을 꼬아야 했기 때문이다.

옆구리에 긴 칼을 찬 일본 순사들의 빗발치듯하는 공출 독촉은
밤낮없이 분주해도 일손이 모자랐다. 야학을 다니는 정임이 역시
도 바빠졌다.

새끼 꼬는 볏짚을 학교까지 들고 가서 새끼를 꼬았고, 돌아와서
는 밤낮 없이 가마니를 짜는 아버지 옆에서 잔일을 도와야 했다.

당시는 전깃불이 아닌 목화씨 기름으로 호롱불을 켜던 시대였
다. 그래서 동네 여인들은 그 목화씨 기름을 짜내기 위해 돌아가면
서 품앗이를 했다.

그 해 어머니는 또 임신을 했다. 그 몸으로 베틀에 올라 앉아 바
쁜 손놀림으로 무명베를 짜내는 어머니는 가끔씩 긴 한숨을 내쉬

기도 했다.

　그야말로 밥 먹고 잠자는 시간외에는 노닥거릴 시간이 없는 농촌 아낙들의 생활이었다.

　어린 정임은 그런 어른들의 생활을 눈으로 지켜보면서 왜 어른들은 그렇게 하고 살아야 하는 것인지 슬퍼지기만 했다.

　그래서 정임은 이 담에 커서도 가정을 이루는 어른이 되고 싶은 마음이 없었던 것인지도 모른다. 그처럼 바쁜 농촌 생활 속에서 어김없이 그 해가 바뀌고 봄이 지나 다시 신록의 푸르름이 짙은 여름이 돌아왔다.

　밭에는 봄에 심어 놓은 고추와 옥수수가 주렁주렁 매달려 익어가면서 어머니의 일손은 여전히 바쁘기만 했다.

　그때쯤 배가 불러 만삭의 몸이 된 어머니였다.

　어느 날 밤이었다. 품앗이로 온 동네 아주머니들과 일을 하던 어머니가 마치 억장이 무너진 듯 긴 한숨을 내쉬면서 말했다.

　"이번에도 딸이면 내 손으로 없애뿔고 싶소. 저것들 아부지보다 시집 식구들 볼 낯도 없고…"

　아이를 죽여 없애 버린다니, 어린 정임은 어머니가 섬뜩해졌다.

　어머니는 해산의 진통이 오는지 간간이 신음소리를 냈다. 정임은 이번에도 딸을 낳으면 없애 버리고 싶다는 어머니의 말이 퍼뜩 생각났다.

　은근히 걱정이 되어 오면서 어머니의 행동을 가만하게 지켜보고 있었다. 진통이 빨라지는 듯 어머니의 신음소리는 점점 잦아졌다.

그러면서도 어머니는 아버지와 마주치면 그런 내색을 전혀 보이
지 않고 참아내는 눈치였다.

정임은 그런 어머니의 행동이 마음에 걸렸다.

아무 일도 없다는 듯 진통을 참으면서 아버지의 밥상을 차려 들
고 들어오는 어머니였다.

밥상을 물린 아버지가 논에 나가려고 삽을 챙겨들고 있었다. 정
임은 아버지에게 그 말을 귀띔해야 한다고 생각했다.

옆으로 가서 살짝 그 말을 귀띔했다.

"아부지, 엄니가 배 아프다고 하는디 애기 놓을 것 같아요. 그런
디 또 딸이믄 없애뿐다고 그러데요."

"뭐야?"

아버지는 잠시 어처구니가 없다는 표정을 지으셨다. 논에 나가
려던 몸짓을 그만두었다. 그리고 숨어서 어머니의 동정을 살피고
있었다.

그러기를 얼마 후, 금방이라도 숨이 넘어갈 듯한 어머니의 진통
소리와 함께 갓난아이의 울음소리가 방안에서 자지러지게 들려
왔다. 그러더니 방문이 열리면서 무엇인가 '털푸덕' 하고 떨어지는
소리가 가슴을 덜컥하게 했다.

역시 딸인 것이 틀림이 없었다.

순간 아버지가 튀어나가 마루에 던져져 울음을 터뜨리고 있는
갓난이를 안으면서 산모가 있는 방쪽을 향해 냅다 소리를 질렀다.

"이게 무슨 짓이야?! 죽을라고 환장했어?!"

그런 아버지의 두 손 밑으로 갓난아이의 탯줄이 부들부들 떨리고 있었다. 어머니는 아이의 탯줄도 끊어내지 않은 채 그대로 던져버린 것이다.

정임은 아버지에게 일러 바쳤다는 것이 와락 겁이 나면서 외갓집으로 줄달음을 하고 도망쳤다.

그리고 그 사실을 외할머니에게 고해 바쳤다.

"할무니, 엄니가 딸을 낳았는디 없애뿐다고 마룻바닥에 던져뿌렀어요. 무서워요."

"이게 무슨 소리야? 애기를 던지다니…. 어서 집으로 가보자."

할머니는 그대로 새파랗게 질려 있는 정임의 손목을 잡고 달음질하듯 집으로 향했다. 그런데 이게 어찌 된 일인가?

집안에는 이제 막 해산을 한 어머니의 모습도 또 대로하시던 아버지의 모습도 눈에 보이지 않았다. 다만 강보에 싸여 죽은 듯이 잠이 들어있는 갓난아이만 방안에 덩그마니 놓여 있었다.

급해진 할머니의 숨소리가 집안을 살피다가 뒤뜰 텃밭에 앉아있는 어머니를 발견했다. 어머니는 아무 일도 없었던 듯 풀을 뽑고 앉아 있다가 외할머니와 눈이 마주치자 왈칵 울음을 쏟아냈다.

"이것이 무슨 짓이야? 산후 조리를 해야 할 산모가 죽기로 작정했냐?"

어머니를 나무라듯 하시는 외할머니의 목소리는 반 울음으로 떨리고 있었다. 이윽고 어머니는 외할머니를 붙들고 꺼이꺼이 울었고, 외할머니의 애간장타는 듯한 울음소리도 높아졌다.

외할머니는 서러움에 복받쳐 우는 어머니를 붙들고 얼마를 따라 우시더니 울음을 참아내면서 말씀했다.

"니 마음 모르는 내 아니다. 누가 아냐? 일곱째도 딸이라고 버린 애기가 살아서 효녀 노릇을 했다고 하드라. 너무 언짢게 생각 말고 잘 길러라. 지도 살라고 세상에 태어났는디…."

외할머니는 어머니를 다독거리면서 방으로 데리고 들어와 앉히고 다시 입을 열었다.

"어서, 밥 먹고 저 어린 것들을 봐서라도 힘내야지."

"무덤 같은 생활인디 더 살아서 무슨 영화를 볼 거라고…."

"그것이 여자가 걸어야 할 운명인 것을 어쩌겠냐. 세상에는 니보다 더 못한 사람들이 수두룩헌디 마음 단단히 묵고 사는 날까지 건강해야 혀, 이 모진 것아."

그리고 외할머니는 정임을 지긋한 눈빛으로 돌아보며 말했다.

"어느새 정임이가 세 동생을 두었구나. 엄마 죽으면 큰 일잉께 엄마 말 잘 듣고 동생들 잘 보살펴야 혀, 알았쟈?"

눈물이 그렁하게 차오르는 정임이었다. 고개만 까딱해 보였다.

그 말을 몇 번이나 당부하고 일어선 외할머니는 차마 걸음을 돌릴 수 없으셨던지 뒤돌아보고 또 뒤돌아보며 차츰 차츰 그 모습이 작아지더니 마침내 가냘픈 외할머니의 눈빛 그림자만 할머니의 숨결처럼 그 자리에 남아있었다.

"할무니! 흑흑…."

모정의 회초리

외할머니가 애틋하게 떠나간 뒷자리에는 예전에 미처 몰랐던 슬픔이 하나둘 서러운 이야기로 쌓여갔다.

외할머니를 멀리까지 배웅하고 돌아선 정임은 누군가 재촉하며 기다리는 양 집으로 향했다.

어머니의 창백한 얼굴이 정임의 발자국 소리에 방문 밖으로 얼굴을 내밀면서 가만하게 말했다.

"할머니 속상하시게 뭣하러 말해 가지고…."

"엄니가 무서운데 그럼 어떻게 해."

그 말을 하고 정임은 뒤꼍으로 돌아갔다.

그리고 소꿉놀이하던 멍석 위에 오두마니 앉아 아버지의 모습이 나타나기만을 기다렸다.

아버지는 논에 나가셨던 듯 손에 삽을 들고 날이 어둑해서야 집으로 돌아왔다.

저녁상을 물리고 나서였다.

아버지는 웃음기 없는 어머니를 위로하려는 듯 흘끔 한 번 쳐다
보시고 웃으면서 말했다.

"이제 우리 식구가 여섯으로 불어났으니 더 부지런히 일해야겠
는걸, 허허허…."

아버지의 웃음은 어머니와 정임의 마음을 안정시켜 주기에 충분
했다.

정임은 일찍 철이 들어가면서 그런 분위기를 충분히 느낄 수 있
었다.

식구가 늘어나면서 어머니는 집안 살림하랴, 거기에 바깥 농사
일까지 더욱 바빠졌다.

정임이 역시도 마찬가지였다. 밤에는 야학에서 공부하고 낮에는
집에서 동생들을 돌봐야 했다.

그러는 동안 자연히 야학 결석수가 늘어나면서 점점 공부도 멀
어질 수밖에 없었다.

돌봐야 하는 4명이나 되는 동생들과 집에서 기르는 가축들 먹이
를 챙겨줘야 하는 것이 정임의 몫처럼 되어졌다.

외양간에는 송아지 두 마리와 염소 두 마리가 있었다.

그리고 닭장에는 어미 닭들과 병아리가 열다섯 마리, 돼지우리
에는 검은 돼지 두 마리가 있었다.

어쩌다가 돼지가 우리에서 뛰쳐 나오면 정임은 작대기를 들고

돼지우리 안으로 쫓아 몰아넣어야 했다.

하루는 외양간 염소 한 마리가 소리 소리를 지르며 울 밖으로 뛰쳐나왔다.

화급하게 작대기를 들고 몰아 외양간으로 갔을 때였다. 외양간 안에 있는 염소가 새끼를 낳아 놓고 혀로 핥고 있었다.

신기했다.

"사람이나 짐승이나 제 새끼 귀여운 줄은 아는구나."

한참을 넋을 놓고 쳐다보다가 먹이를 챙겨다 주면서 마치 사람에게 말하듯이 했다.

"많이 먹고 건강해야 젖도 많이 나온단다."

가축 식구도 늘어난 것이 축복인 양 더 없이 기뻤다.

식구도 늘어나고 가축도 늘어나면서 아버지는 줄곧 농사일로 바빴다.

어느 날 농사일을 도와줄 건장한 젊은 청년 한 사람을 집으로 데리고 들어왔다.

이름이 정욱이라고 했다. 그래서 정임은 그 청년을 정욱이 아저씨라고 불렀다.

아버지는 정욱이 아저씨가 불쌍한 사람이라고 잘 대해 주라고 했다.

그래서인지 어머니는 식구들에게는 사무적으로 퉁명스럽게 말을 하면서도 정욱이 아저씨에게만은 언제나 살갑게 잘 대해 주었다.

어린 정임은 그것이 불만이었다.

어머니는 별일이 아닌 것을 가지고도 아이들에게는 곧잘 회초리를 들고 야단을 쳤기 때문이다.

그것이 아이들을 바르게 키우기 위한 어머니의 모성애 회초리였음을 정임은 미처 알지 못했다.

그 불만이 쌓여가면서 어머니의 손에 회초리가 들리면 곧잘 앙칼지게 말대꾸를 하기도 했다.

그럴 때면 어머니의 회초리는 더욱 심해지면서 언성이 높아졌다.

"요것이 어디다 대고 꼭꼭 말대답이야? 말대답이…."

정임은 그런 어머니가 야속했다.

그래서 어쩔 때는 친 엄마가 아닌가 하는 생각까지도 들면서 어느 날 어머니를 보고 물었다.

"어무니, 그렇게 내가 미워?"

"뭐야?!…."

"그렇잖아요, 정욱이 아저씨나 동네 애들한테는 잘 해 주면서…."

"저 말하는 것 보게, 너도 이 담에 커서 시집가서 애 낳고 살다 보면 알아지는거, 엄니가 왜 그러는지."

"칫! 난 시집 안 갈 거야. 그래서 엄니처럼 안 살 거야, 두고 봐."

그 말대꾸에 어머니는 어이가 없는지 돌아앉아 긴 한숨을 가만하게 내쉬면서 혼잣말처럼 했다.

"그래, 이 에미처럼 살지 말아야지…. 이것이 죽은 목숨이지 어디 산 목숨이여?"

그 말을 하면서 흘렸을 어머니의 가슴 속 눈물을 정임은 세상을 몰랐기에 참으로 헤아려보지 못했다.

참으로 다람쥐 쳇바퀴 돌듯 분주한 생활 속에서 정욱이 아저씨가 들어왔지만 어머니 아버지는 그렇게 항상 분주했다.

그래서 정임이 역시도 크게 달라진 것이 없었다.

그런 어느 봄날이었다.

어머니가 예쁜 아가씨 한 사람을 집으로 데리고 들어왔다.

그리고 여러 가지 음식장만을 했다. 알고 보니 정욱이 아저씨 색시감을 맞아들이는 잔치준비였다.

색시 나이 16세라고 했다. 입식구가 한 사람 더 늘어난 셈이었다.

정임은 정욱이 아저씨 색시를 '아줌마' 라고 불렀다.

그 아줌마가 들어오면서 말상대가 되어 주었고, 또 정임이 하던 몫의 일이 그 절반으로 가벼워진 셈이었다.

그 아줌마는 어른들이 밖에 일하러 나가면 마치 친구처럼 함께 놀아주었다.

또 정임과 놀던 동네 친구들과도 같이 어울려 놀아 주었기 때문에 별호가 '골목대장' 이라고 붙었고, 동네 어른들은 '풀각시' 라고도 불렀다.

그 골목대장 풀각시는 다시 없는 좋은 친구가 되어 주었다. 동네 아이들은 정임이네 어머니가 딸만 낳았다고 해서 가끔은 빗대는 말로 둘째 차임을 '둘레' 그리고 네 번째 여동생 사례를 '노마' 라고 놀려댔다.

그럴 때마다 마음 같아서는 달려가 두들겨 패주었으면 속이 시원할 것 같았다. 하지만 힘으로는 당해낼 것 같지 않았다.

그래서 집으로 돌아와 풀각시한테 친구들이 속상하게 그런 말로 놀려댄다고 일렀다.

그러면 골목대장 풀각시는 정임의 손목을 잡고 친구들을 찾아가 그런 말로 친구를 놀려대면 못 쓴다고 으름장을 놓아주기도 했다. 정임의 유일한 동조자가 된 아줌마였다.

그 풀각시 아줌마가 어느 날 배가 아프다고 배를 움켜쥐고 뒹굴었다.

정임은 달려가 밖에서 일하는 아버지를 데리고 들어왔다.

아버지가 가끔 동네 급한 환자들을 치료해 주는 것을 보았기 때문이다.

그래서인지 집 대청마루에는 약방 이상으로 많은 한약봉지가 주렁주렁 매달려 있었다.

아버지가 손을 써서인지 풀각시는 곧 진통을 멎었다.

그런데 정임이 배가 아플 때만큼은 아버지의 약효도 효력이 없었다.

그것을 아버지는 회충배앓이라고 했다. 그것은 정임이 소꿉장난으로 숯가루와 뒤꼍 황토 흙을 재미로 먹어댄 데서 오는 회충배앓

이였다.

소꿉놀이 친구가 많은 정임은 어느 날 둘레를 업고 동네 한복판에 있는 우물가에서 놀고 있었다.

그때가 한더위였다.

소꿉친구 병역이 종균이가 더워 죽겠다며 경골 둠벙으로 목욕을 가자고 해서 동생을 업고 따라갔다.

둠벙 물은 장마로 많이 불어나 있었다. 병역이 종균이는 벌써 물속으로 들어가 '풍덩 풍덩' 소리를 내고 있었다. 그때 정임은 장난인 줄 알고 그 옆에 있는 막대기를 주워 던져 주면서 말했다.

"병역아 지팡이 잡고 나와!"

그런데 이게 어찌 된 일인가?

병역은 두 손을 허부적거리고만 있었다.

덜컥 겁이 났다. 그래서 동생을 내려놓고 병역을 작대기를 던져 꺼내 올렸을 때였다.

병역의 두 눈 언저리에 보기에도 끔찍한 거머리가 송알송알 붙어 있었다.

그런데 더 급한 것은 종균이었다.

두 눈을 희번뜩거리더니 잠시 후 죽은 듯이 맥을 놓고 둥둥 떴다가 가라앉았다 하는 것이 심상치 않았다.

순간 정임은 정신이 아득해져 왔다.

동생을 들쳐 업고 종균네 집으로 뛰어가 소리를 질렀다.

"종균이가 경골 둠벙에 빠져 죽었어요."

정임의 그 말에 식구들이 화급하게 뛰어나왔고, 동네 사람들도 모두들 경골 둠벙으로 달려갔을 때였다.

종균은 죽은 듯이 물 위에 떠 있었다.

달려갔던 식구들과 동네 사람들이 경악하고 종균이를 건져 올렸을 때는 몸 전체에 시커먼 거머리 떼가 흉측하게 붙어 있었다.

그때였다.

누군가가 빨리 들쳐 업고 정임이네 집으로 가자고 했다. 아버지의 인술치료를 의식한 때문이었을 것이다.

그러나 동네 사람들이 병역과 종균을 들쳐 업고 집에 도착했을 때는 아버지의 모습은 보이지 않았다.

다급해진 정임이었다.

평소 아버지로부터 들어온 거머리 떨어내는 방법을 활용해 보기로 했다.

시골 논에는 거머리가 많아 달라붙었을 때 쓰는 방법이었다.

당시는 빨래를 삶을 때 양잿물을 사용했었다.

그 양잿물을 부엌 아궁이 땔감으로 쓴 목화나무 재를 긁어내 섞어 버무렸다.

그리고 거머리가 붙어있는 살갗에다 비벼대고 살을 파묻었다.

그러자 잠시 후 살갗에 찰싹 달라붙어 있던 거머리들이 시커먼 경단 떡 고물처럼 툭툭 떨어졌다.

그러기를 얼마 후 종균은 '후 휴―' 하고 숨을 돌리며 눈을 떴다.

그것을 본 동네 사람들은 환호성을 질렀다.

모두가 이구동성으로 어린 정임이가 두 사람을 살려냈다고 입이 마르게 칭찬을 했다.

그 소문은 이내 온 동네에 퍼졌다. 만나는 사람마다 칭찬을 아끼지 않았다.

그런 일이 있고 얼마 후 종균이 어머니는 커다란 보따리를 안고 와 어머니 앞에 내려놓으면서 말했다.

"이것으론 우리 아들 목숨 살린 값이 안 되겠지만, 추석명절에 아이들 옷이나 해서 입히셨으면 하구요."

그 말을 하고 종균이 어머니는 정임을 지긋한 눈빛으로 돌아보면서 말했다.

"참말로 정임이 니는 약사보살인갑다."

그리고 몇 번이나 입이 마르게 칭찬을 하고 돌아갔다.

추석 명절이 가까이 다가오고 있을 때였다.

어머니는 그 옷감으로 밤을 새워 아이들의 명절 옷을 만들었다. 드디어 기다리던 추석 명절날 아침이었다.

정임은 어머니가 밤을 새워 지어준 갑사 치마저고리에 갑사 댕기를 하고 동생들과 함께 동네 회관 앞으로 나갔다.

동네 친구들이 모여서 마치 기다리기나 했다는 듯이 반기면서 말했다.

"어머, 얘들아. 정임이 갑사 치마저고리 참 예쁘다 그치?"

정임은 그 말을 듣는 것이 더 없이 자랑스러웠다.

농촌이 가난했던 시절, 아이들이 명절에 갑사 치마저고리를 입는다는 것은 부모님의 여유를 대변해 주는 것이었기 때문이다.

정임은 어머니의 사랑의 회초리를 맞으면서 그렇게 유년의 시절을 동네에서 자랑스럽게 보내고 있었다.

그리고 그 해도 저물어갔다.

겨울이 가고 산과 들에 꽃이 피는 봄인 듯 싶더니 어느새 여름이 돌아왔다.

아버지는 논에서 일꾼들과 함께 일을 하고 있었다.

정임은 어머니가 새참으로 만들어준 음식 보따리와 물주전자를 무겁게 들고 논을 향해 걷고 있었다.

들녘에는 여기저기서 일꾼들이 열심히 이마에 흘러 내리는 땀을 씻어내며 일을 하고 있었다.

한 해 농사 수확을 기대하는 농촌 풍경은 그랬다.

아버지는 정임이 무겁게 들고 간 보자기와 물주전자를 받아 내려놓으면서 말했다.

"애썼다. 여기 놓고 얼른 집에 가서 동생들 봐야지."

그것이 끔찍이도 딸들을 사랑하는 아버지의 모습이었다.

그때 어머니는 다시 임신을 하여 만삭으로 배가 많이 불러 있었고, 아줌마 역시도 임신을 해서 거동이 불편했기 때문에 하는 말씀이었을 것이다.

잊혀지지도 않는 1937년 음력 9월 6일 아침이었다.

어머니는 간간이 오는 해산의 진통을 참아내면서 뒤꼍 텃밭에서 풀을 뽑고 있었다.

정임은 외갓집으로 줄달음을 했다.

지난번 갓난아이를 낳아 바로 던져 버린 어머니였기 때문이다.

그래서 외할머니를 모셔 와야 한다고 생각한 것이었다.

정임으로부터 어머니의 진통 소식을 들은 할머니의 걸음이 바빠졌다.

집에 도착했을 때 어머니는 해산(解産) 직전으로 진통이 심한 듯했다.

그러나 외할머니가 옆에 있어 주어서 마음이 든든해졌다.

그러나 '이번에도 또 딸이면 어쩌지?' 하는 초조함이 괜스레 부엌으로 들어갔다가, 마당으로 나갔다가, 서성이면서 안절부절 못하고 있을 때였다.

이윽고 방에서 세상 밖으로 고개를 내민 태아의 울음소리가 '으앙' 하고 고요한 적막을 깨트렸다.

그리고 뒤 따라 들려오는 외할머니의 반가움의 목소리가 두 귀를 번쩍하게 했다.

"꼬추다, 꼬추. 허허허…."

방안에서 할머니의 흐뭇해 하시는 웃음이 집안에 경사가 났음을 알렸다.

그 소식은 발 빠르게 동네로, 또 친할머니네 집까지 전해지면서 할머니 할아버지가 달려왔다.

소식을 듣고 기뻐하는 분은 누구보다도 아버지였다.

침울하던 집안 분위기가 웃음으로 환히 밝아지면서 마주보는 표정들이 입가에 웃음을 담고 있었다.

　마음 졸이던 조바심에서 완전히 해방이 된 기분이었다.

　다시 찾아온 가정의 평화였다. 웃음꽃이 피었다.

　그러면서 그 해가 가고 다시 새봄이 온 3월이었다.

　그토록 기다려지던 입학식 날이었다.

　그 때 정임의 나이 열 한 살이었다.

　호적이 3년이나 늦게 올려진 탓으로 다른 입학생보다 두세 살이
더 많은 편이었다.

　창피했다.

　그 동네에서 신입생 여자는 정임과 오촌 이모 윤순임 둘뿐이었
고, 남학생 역시도 둘뿐이었다.

　학교 총 신입생은 오십 명으로 그 중에 여자가 삼십 명이었다.

　이미 서당과 야학을 거친 정임이었다.

　당연히 선생님으로부터 공부를 잘한다는 칭찬을 들으면서 우쭐
해졌다.

　선생님은 일본 사람이었다. 교장 선생님 역시도 인자한 인상을
풍기는 일본 사람이었다.

　선생님들과도 정이 들면서 공부에 취미가 붙기 시작할 무렵 학
교에서는 조선어 금지령이 내려졌고, 창씨개명을 하도록 강요했
다.

　그런 어느 사월 봄날이었다.

　학교에서 돌아와 마루에서 밥을 먹고 있을 때였다.

마당 한 편에 세워둔 농기구 쇠스랑이 흔들거리는가 싶더니 그 밑에서 개구리 울음소리가 두 귀를 세우게 했다.

이상해서 달려갔을 때였다.

거기엔 보기에도 끔찍한 풍경이 벌어지고 있었다.

커다랗고 시커먼 구렁이가 개구리를 입에 물고 사랑채 앞 오동나무 밑으로 사라지고 있었다.

온몸에 소름이 돋았다.

너무나 무서운 나머지 정임은 안채로 들어와 한 발자국도 움직일 수가 없었다.

그래서 정임은 동생들에게도 오동나무 밑에는 절대로 가서는 안 된다고 다짐해서 일렀다.

그리고 얼마가 지났을 때였다.

들에서 일을 마친 어른들이 돌아왔다. 그때야 마음이 놓인 정임은 그날 있었던 일을 말했다.

하지만 어른들은 농촌에서는 곧잘 그런 일이 있다고 귓가로 흘려들으면서 정욱이 아저씨와 말을 주고 받았다.

"모내기도 끝냈으니 보리타작만 남았네, 그랴."

그날 밤이었다.

천둥번개가 치더니 비가 억수로 쏟아져 내리기 시작했다.

그리고 새벽녘에야 빗소리가 겨우 멎는다 싶더니 씽씽거리는 바람 소리가 문고리를 흔들었다.

날이 밝아왔다.

하지만 거세게 불어대는 바람 때문이었던지 어른들은 밖에 나갈 몸짓을 보이지 않았다.

오후쯤 되었을 때였다.

아버지와 정욱이 아저씨가 새끼 묶음 다발을 들고 지붕 위로 올라가면서 무슨 일인지 올라오라고 했다.

영문을 모른 채 얼결에 뒤를 따라 사다리를 타고 지붕 위로 올라갔을 때였다.

아버지가 바람을 막아서면서 말했다.

"정임이 너는 이리 앉아라."

그리고 아버지는 정욱이 아저씨와 열심히 새끼줄로 이리저리 지붕을 동여매기에 바빴다.

무슨 영문인지 도무지 알 수가 없었다.

그렇게 지붕 전체를 동여매고 아버지가 허리를 폈을 때는 서산에 해가 지고 어둠이 스물스물 깔리고 있었다.

그때쯤 바람소리도 멎어 있었다.

지붕 위에서 모두 내려와 저녁을 먹고 나서였다.

느닷없이 아버지가 정임을 보고 물었다.

"정임아 너 몸 괜찮으냐?"

"응, 아무렇지도 않아요, 왜요?"

"그럼 됐다."

그리고 아버지는 도무지 알 수 없는 말로 정임을 다시 어리둥절하게 만들었다.

"지붕 위에 너 앉아있던 자리가 터줏대감이 자리잡고 있는 지킴이 자리거든, 과연 다르구나."

그 말을 하고 아버지는 여느 때와는 달리 정임을 뚫어져라 쳐다보다가 긴 한숨을 내쉬었다.

그 표정과 한숨이 무엇을 의미하는 것인지 그때는 도무지 짐작할 수가 없었다.

그 해는 긴 장마가 계속됐다.

그래서 보리타작을 제대로 할 수가 없었다.

밭에는 아직 거둬들이지 못한 보리가 삐쭉삐쭉 새싹들이 돋아 보리 흉년이 드는 것을 예고해 주고 있었다.

그것을 본 어른들의 표정은 어둡기만 했다.

인심이 흉흉해지기 시작하면서 농촌 사람들은 그처럼 힘든 '보릿고개'를 넘기고 있었다.

그러던 어느 날, 밖엔 추적추적 비가 오고 있었다.

아버지는 대처(大處)에 나가서 돈을 벌어 오겠다며 정욱이 아저씨와 어머니에게 집안일을 부탁하고 나가셨다.

아버지가 계시지 않은 집안은 텅 빈 것 같았다.

홀로 밤을 지새우는 어머니의 입가에는 그때부터 알 수 없는 구름이 술렁이더니 얼마 뒤 어머니도 장사를 해야겠다며 집을 나섰다. 물품은 비단 옷감이었다.

어른들이 밖으로 나가 장사를 하게 되면서 정임의 책임은 무거워졌다.

동생들을 보살펴야 했기 때문이다.

어머니는 이모가 살고 있는 목포 도매상에서 물건을 떼어 오신다고 했다.

그것을 오일장으로 팔러 나가셨다. 그 포목을 떼러 가면 보통 이삼일씩 걸렸다.

그렇게 어머니가 집을 비우는 동안 정임은 밤잠까지도 설쳐야 했다.

화장실이 안채와 떨어져 있어서 세 동생들의 대소변에 신경을 써야 했기 때문이다.

그 당시 밤에 소변을 볼 때는 요강을 사용했다.

그런데 그날 밤 요강이 넘쳐 들고 나가 사랑채 옆 큰 항아리에다 비우려고 할 때였다.

오동나무 가지에서 '끄르롱~' 하는 이상한 울음소리가 들려 왔다. 섬뜩해지면서 그 쪽으로 고개를 돌렸을 때였다.

오동나무 가지에 두 귀가 달린 누렇게 큰 황구렁이가 혀를 낼름거리고 있었다. 정신이 아찔해 오면서 온몸에 소름이 돋았다.

그대로 뒤도 돌아보지 않고 방으로 뛰어 들어와 이불을 뒤집어 쓰고 말았다.

그처럼 끔찍한 황구렁이의 환영은 다음날 학교까지 따라와 수업 시간에도 계속 떠올라 괴롭혔다.

그러나 정작 아찔한 것은 그 다음날부터였다.

아침에 눈을 뜨고 밖으로 요강을 비우려고 나갔을 때였다.

 분뇨를 비우는 오동나무 밑 큰 항아리 옆으로 큰 구렁이 두 마리가 또아리를 틀고 혀를 낼름거리고 있었다.
 "에그머니나!"
 정임은 기겁을 하고 뒷걸음질을 쳤다.
 그러나 그것은 아무것도 아니었다.
 그로부터 뱀들이 그 오동나무 밑에 놀이터인양 우글대기 시작하더니 마침내 오동나무 세 그루 가지마다 칭칭 감고 혀를 낼름거리고 있는 것이었다.
 그야말로 상상도 할 수 없는 아득한 공포였다.
 그 소문은 곧장 동네로 퍼지면서 구경꾼들이 모여들었다.
 그때쯤 물건을 떼러 나가 집을 비우셨던 어머니가 돌아왔다.
 끔찍한 상황에 어머니는 입을 다물지 못하고 난감해 하였다.
 "어쩌면 좋을까 잉."
 답답한 소리만 연거푸 뱉어내고는 별 수 없이 방치해 둘 뿐이었다.
 그렇게 숨이 막혀 오는 공포의 분위기가 열흘 쯤 계속 되었을 때였다.
 크고 작은 구렁이들이 우글대던 그 자리에 누렇게 큰 황구렁이는 보이지 않고 그 대신 꽃뱀들이 우글거렸다.
 그 꽃뱀들이 얼마나 많이 모여 우글대던지 코가 다 매케했다.
 참으로 별난 사건이었다. 그 때서야 어머니는 짐작이 간다는 듯이 혼자 중얼거리며 말했다.

"맨 처음 나온 구렁이가 섬사였구나. 삼십리 밖에 있는 뱀들까지
도 모두 불러 모은다더니……."

어머니의 그 말에 정임은 온몸이 떨려 왔다.

"아버지도 안 계시는데 그럼 우리 집은 어떻게 되는 거야?"

"그래도 사람한테 피해는 안 준다고 그러드라, 지켜보자. 별 수
없잖여. 쫓는다고 나갈 것들도 아니고……."

어머니는 난감하다는 표정으로 말했다.

그런데 참으로 이상한 일이었다. 온갖 뱀들이 무슨 회의 소집이
나 있는 것처럼 우글대더니 어느 날부터 자취도 없이 그 오동나무
에서 사라지고 없었다.

그 해 대처(大處)에서 돈을 벌어오겠다고 나간 아버지는 그 길로
일 년이 지나도록 소식 한 장이 없었다.

추석이 지나고 또 추수가 시작되었다.

동네 이 집 저 집에서는 콩타작하는 도리깨 소리가 밤늦게까지
들려 왔다.

그 소리를 마치 음악처럼 들으면서 정임은 호롱불 밑에서 학교
선생님이 내준 숙제를 해야 했다.

그것이 고단한 농촌 생활 속에서 유일한 즐거움으로 어쩌면 휴
식과도 같은 것이었다.

비바람이 불어와도

그해 보리농사는 가뭄과 뒤이은 오랜 장마에 망쳐졌고, 벼농사
는 일본 순사들의 공출 독촉으로 공판장에 실려 나가면서 인심은
더없이 흉흉해지고 있었다.

동네 어른들의 얼굴 표정들은 마치 땡감을 깨물고 있는 것처럼
일그러져 있었다.

삶에 지친 얼굴들에게 추운 겨울이 가고 다시 얼어붙었던 땅 위
에 파릇한 모습이 보이면서 그래도 새봄을 맞이했다.

농사 일손이 다시 바빠지기 시작했다.

언제나 그 테두리 안에서 벗어나지 못하는 농촌 사람들이었다.

비가 와도, 바람이 불어와도 때에 따라서 해야 할 일거리는 안팎
에 지천으로 널려 있었다.

그런 농촌 생활에서 벗어난 아버지는 그 때까지도 소식 한 장이

없었고, 그나마 어머니가 비단 장사를 하면서 정임네 집은 그런대로 밥술이라도 먹는 집으로 동네 사람들은 집 농사일을 삯품앗이로 와서 도와주곤 했다.

그 농사일을 이제 정욱이 아저씨가 전면적으로 맡아 하게 되었고, 부엌 안살림은 풀각시 아줌마가 들며 날며 도와주었다.

정임의 몫은 학교에 갔다 오면 동생들을 돌보는 일이었다.

아직 세상 모르는 동생들은 정임이 돌아앉아 숙제를 할 때면 둘째 차임과 셋째 삼례는 심심하다고 울먹이다가 담장 밖에 쪼그리고 앉아 발에 밟힌 돌을 주워 허공에 던지기도 하고, 나무토막을 주워 이리저리 휘저어대며 입을 삐쭉거리기도 했다.

그러다가 정임이 숙제를 하다 말고 나가 그 흙 묻은 손을 붙들고 놀아주면 동그란 두 눈에 웃음이 번져갔다.

철없이 마냥 귀엽고 예쁘기만 한 동생들이었다.

그처럼 정임의 치마폭에 대롱대롱 매달리는 동생들을 데리고 부엌으로, 뒤꼍으로, 텃밭으로 숨바꼭질을 할 때면 세상 모르는 동생들의 두 눈에는 웃음이 가득했다.

그러는 동안 계절이 바뀌면서 어느덧 추석 명절이 지나고 싸늘한 바람이 겨울이 가까워짐을 알리는 시월 어느 날이었다.

꿈속에라도 보고 싶어 했던 아버지가 집으로 돌아오셨다.

너무나 기뻤다.

그러나 어머니의 표정은 달랐다.

기다림에 지치셨던지 시큰둥했다.

정임은 그렇게 아버지를 대하는 어머니가 야속했다. 하지만 그런 어머니를 되도록 이해하려고 했다.

집을 나간 뒤로 소식 한 장 없으셨던 아버지였기 때문이다.

그때 쯤 어머니는 또 만삭의 몸으로 힘들게 장사를 하면서 가장이 없는 집을 꾸려 왔었다.

그래서 아버지를 보자 심술이 난 것이라고 생각했다.

어머니는 집에 돌아오신 아버지를 마치 지나가는 손님처럼 대했다.

그런 어느 날 밤이었다.

어머니는 해산의 진통을 앓더니 반갑게도 떡두꺼비 같은 사내아이를 출산했다.

밤 아홉시였다.

그 날도 아버지는 동네 친구네 집에서 주무시고 계셨다. 정임은 그 소식을 듣고 한 걸음으로 달려가서 아버지를 모시고 왔다.

아버지는 이 기회에 어머니의 서운함을 씻어 보려는 듯 부엌에서 손수 산모의 미역국과 밥을 지어 들고 와서 어머니에게 권하면서 말했다.

"수고했소, 이제 든든한 아들 둘을 낳았으니 열심히 살아봅시다."

어머니의 얼어붙은 마음을 녹여 보려는 아버지의 위로의 말이었다. 하지만 어머니의 표정은 별로 달라진 구석이 없이 간단하게 한 마디 물었다.

"이름을 뭐라고 할 거요?"

"음, 가만 있자…. 그렇지, 큰 놈이 호인이니까 호표가 좋겠구만, 허허허……."

아버지가 집에 돌아와서 처음으로 크게 웃어보는 웃음이었다.

둘째 아들 이름을 호표라고 지었다.

정임은 아버지의 그 웃음이 매일 계속 되어주기를 바랐다.

그러던 어느 날 아침이었다.

부엌에서 어머니와 아버지가 주고 받는 말을 지나가다가 언뜻 스쳐 듣게 되었다.

"이제 내가 없어지니까 당신 살맛 나겠네."

아버지가 없어질 것이라니, 정임은 이게 무슨 소린가 싶었다. 어느새 부엌으로 뛰어 들어가 아버지를 붙들고 반 울음으로 물었다.

"아부지, 또 어디 갈 거야?"

"그래, 아부지 없는 동안 엄니 말씀 잘 듣고, 동생들 잘 돌보고 해야 한다. 아부지는 징용장이 나와서……."

정임은 가슴이 덜컥했다.

동네 어른들로부터 남자들이 징용에 나가면 대부분 죽거나 병신이 되어 돌아온다는 말을 들었기 때문이다.

왈칵 눈물이 쏟아졌다.

그 흐느낌에 아버지 눈에도 눈물이 그렁하게 차올랐다.

이윽고 며칠 후 작별의 시간은 왔다.

징용으로 나가시는 아버지는 검은 가방을 챙겨 들었다.

그리고 찾아온 동네 사람들과 작별 인사를 나누고 난 뒤 어머니에게 가만하게 애들과 집안일을 잘 부탁한다는 말을 남기고 힘없이 대문을 나섰다.

참으로 살아 돌아온다는 보장도 없는 전쟁터로 나가시는 아버지의 표정은 어둡고 침울했다.

식구들을 두고 가는 마음이 무거운지 돌아보고 또 돌아보며 힘없이 손을 흔들어 보였다.

그 뒤로 쓸쓸한 가을바람이 정임의 두 볼에 흐르는 눈물을 서늘하게 쓸고 갔다.

그러나 그 날도 어머니는 비단 봇짐을 오일장에 가서 팔고 와야 한다면서 이고 나갔다.

정임이 학교에서 돌아왔을 때는 어린 동생들 넷이서 목을 빼고 기다리고 있었다.

그 동안 차임이 동생들을 맡아 보고 있었다.

하지만 철없는 동생들은 정임을 보자 마치 엄마를 본 듯 동그란 두 눈에 눈물이 그렁해졌다.

정임은 그 모습들이 그날 따라 어머니도, 아버지도 없는 고아들처럼 느껴지면서 와락 달려가 끌어안고 울음을 터뜨렸다.

그러나 언제까지 울고만 있을 수는 없었다.

세상 모르고 칭얼대는 갓난이 호표 미음도 끓여 주어야 했고, 동생들 저녁밥도 지어 먹여야 했기 때문이다.

저녁을 챙겨 먹고 형제들과 함께 어머니를 기다리는 시간이 그렇게 지루할 수가 없었다.

정임은 어머니를 기다리다 못해 정욱이 아저씨를 보고 졸랐다.

"아저씨, 우리 엄니 어디쯤 오시는가 좀 나가 보시믄 안 돼요?"

바로 그때였다.

어머니의 발자국 소리가 가까이서 들려오면서 모습을 나타냈다.

그날 따라 어머니의 표정도 더 없이 침울해 보였다.

그날 저녁이었다. 어머니는 긴 한숨을 내쉬면서 말했다.

"느그 아부지는 살아 있어도 인자 죽은 목숨이나 매한가지여. 이놈의 전쟁이 언제나 끝날랑가…. 어찌 살끄나, 농사조차 많은디 철없는 느그들을 데리고…….."

그 말을 하는 어머니의 두 눈에 어느새 눈물이 그렁그렁 차 올랐다. 정임도 울고 동생들도 훌쩍훌쩍 따라 울었다. 그러나 언제까지 그렇게 울고만 있을 수는 없었다.

학교 숙제도 해야 했고, 공출에 할당된 새끼 꼬는 것도 도와주어야 했고, 또 정욱이 아저씨가 가마니를 짜는 사랑채에서 잔심부름도 해 주어야 했기 때문이다.

그러는 동안 어느덧 공판장 공출도 끝나고 겨울방학이 돌아왔다. 흰 눈이 펄펄 날리는 들판은 징용 나가시며 뒤돌아보시던 아버지의 눈빛처럼 시리고 아프기만 했다.

싸르르 눈 안에 물기가 차오르면서 '아버지!…' 하고 소리쳐 불러 보았지만, 그러나 그 소리는 메아리조차도 없는 들판 흰 눈발 사이로 흩어졌다.

징용 나간 아버지의 소식은 그 뒤 바람결에도 들려오지 않았다.

그런데 그 겨울이 가고 산에 들에 파릇한 새싹이 돋아나고 있던 삼월 어느 날이었다.

참으로 오매불망 기다리던 아버지에게서 편지가 날아왔다.

일본 북해도에서였다.

아버지는 몸 건강히 잘 있다는 소식과 함께 식구들 안부를 일일이 묻는 편지 내용이었다. 애타게 기다리던 소식만 들어도 마음이 놓이면서 신바람이 났다.

정임은 산으로 들로 쏘아다니면서 노래도 부르고 아버지를 소리쳐 불러보기도 했다.

그렇게 한 달이 지난 사월 어느 날, 정임이 학교수업을 마치고 집으로 막 들어섰을 때였다.

동네사람들이 술렁거리고 있었다.

그 속에 갓난이 호표를 안고 저고리 소매 끝으로 눈물을 찍어내시는 외할머니의 모습이 언뜻 눈에 들어왔다.

가슴이 덜컥했다. 분위기로 보아 분명히 집안에 무슨 변고가 일어난 것이 틀림없다는 생각이었다.

외할머니가 정임과 눈이 마주치자 눈물을 훔치시며 옆에 놓여있던 하얀 봉투 하나를 내밀면서 말했다.

"이거 받아 보거라."

정임은 봉투를 받아 펼치다가 그만 풀썩 주저앉고 말았다.

〈정소좌 사망(死亡) 4월 17일.〉

참으로 하늘이 빙그르 돌면서 땅이 푹 꺼져 내려앉는 것만 같았
다. 현기증에 그대로 멍해지고 말았다. 눈물도 나오지 않았다.

외할머니로부터 저만치 돌아앉아 있는 어머니 역시도 억장이 무
너진 듯 멍하니 앉아 울음소리조차 없었다.

울음도 없는 초상집 마당이었다. 이윽고 동네 사람들이 하나둘
돌아가고 난 집 마당은 적막한 어둠만이 스멀스멀 깔리고 있었다.

그때가 서기 1941년 정임의 나이 14세가 되던 해였다.

언제까지 슬픔에 잠겨 있을 수만은 없었다.

학교도 가야 했고, 철없는 동생들을 돌보면서 산다는 것이 무엇
인지 봇짐을 이고 장으로 나간 어머니의 빈 자리도 채워야 했다.

그런데 그 비보가 날아오고 나서 채 열흘도 되기 전이었다.

학교 갔다가 막 대문에 들어섰을 때였다.

동네 사람들이 웅성웅성 모여서 떠들썩하는 것이 마치 잔칫집
분위기 같았다.

도대체 영문을 알 수 없는 채 어리벙벙해 하고 있을 때였다.

그때 누군가가 봉투 하나를 건네주며 웃으면서 말했다.

"옛다! 이 봉투 얼른 펴 보거라. 허허허……."

그런데 이게 웬일인가?

〈정소좌 깨어났음.〉

꿈인지 생시인지 도무지 믿어지지를 않았다. 꿈이라면 그대로
깨어나고 싶지 않았다.

동네 사람들이 너도 나도 들여다보며 축하의 입잔치가 너부러지

고 있었다. 집안은 다시 생기가 돌았다.

그런데 그 3일 후였다. 또 다시 아버지의 근황을 알리는 소식이 날아왔다. 아버지의 우(右)측 다리를 절단하기로 했다는 것이다. 조금은 충격이었지만, 살아 숨을 쉬고 계신다는 그 자체만으로도 불행 중 다행이라고 생각했다.

하지만 그 소식 이후로 한 쪽 가슴에 목발을 짚고 절름거리는 아버지의 모습이 연상되면서 웃음을 잃게 했다.

그처럼 처량하게 불구의 모습이 된 아버지라도 빨리 돌아와 주었으면 하는 마음이 간절해졌다.

그토록 아버지를 향한 그리움은 길을 걸어도 눈에 밟히면서 잠자리까지도 따라왔다.

동네는 다시 모내기가 시작되었다. 보리타작도 해야 했고, 풀도 매야 했고, 일손이 정신없이 바빠졌다. 그러는 중에도 어머니는 여전히 오일장을 나가셨고, 집에 돌아오면 마치 삶의 의욕을 잃어버린 사람처럼 멍하니 앉아 허공만 처다보기가 일쑤였다.

그러는 중에 아버지의 소식은, 목발은 짚었지만 점점 건강이 회복되고 있다는 내용의 편지를 보내왔다. 그 모습을 하루 빨리 보고 싶은 기다림의 마음이 만날 날만 손꼽아 기다렸다.

그러나 그 해가 저물어 가도록 아버지는 끝내 돌아오지 않았다. 가을걷이가 끝나고였다. 여전히 빚 독촉을 받듯이 공판장으로 실려 나간 공출이었고, 농촌 사람들의 생활 빈곤은 안남미 배급쌀과 콩깻묵 이런 것들로 호구지책을 삼아 살아가고 있었다.

그처럼 힘든 한 해가 또 바뀌고 새봄이 왔을 때였다.

동네는 집집마다 전에 없는 또 다른 곤욕을 치루고 있었다. 순사들이 동네 밀고자들을 앞세우고 다니면서 놋쇠 그릇을 강제로 내놓게 했다. 그것으로 전쟁 무기를 만든다고 했다.

그뿐이 아니었다. 소나무 가지에 붙어있는 송진을 긁어 기름을 내서 1가구당 한 말씩 바치도록 했다.

가장이 없는 정임네 집은 그래도 정상을 참작해 줄지 알았다.

하지만 일하는 머슴이 있다는 것으로 감면이 되지 않았다.

그래서 정임은 학교 수업이 끝나면 산으로 올라가 송진이 붙어있는 가지를 도끼로 찍어 이고 지고 내려오는 것이 일이었다.

당시 정임네는 논이 4천 평, 밭이 2천 평 정도였다. 정욱이 아저씨 혼자서 그 일을 감당해 내기란 여간 힘든 일이 아니었다.

어머니는 무슨 생각을 하셨던지 이웃마을 대굴 할아버지네 가족을 아랫채에 입주시켰다.

가족이 다섯 명이었다. 그 할아버지는 논밭 도합 6백 평이 고작이었다. 그러니까 어머니와의 묵계는 집 농사일도 도와주겠다는 조건인 것 같았다. 거기다가 먼 친척뻘 되는 길수 아저씨까지 이제 식솔은 모두 열 셋으로 불어났다.

대가족이 된 셈이었다.

그러나 길수 아저씨는 게으른 데다가 큰 일만 닥치면 아프다는 핑계로 자리에 눕곤 했다. 정임이 볼묵은 소리를 해대면서 말했다.

"뭐야, 저 길수 아저씨는 맨날 꾀만 부리고……."

하지만 어머니는 그런 정임을 보고 오히려 나무라듯이 말했다.

"부모 형제도 없는 불쌍한 아저씨란다. 못 먹고 살아서 비실대는 것이여."

어머니는 그렇게 말하고 오히려 잘 대해 주라고 타이르곤 했다.

일손은 여전히 모자랐다. 생각 끝에 정임은 공휴일을 택해 학교 5, 6학년 생도들을 불러다가 모내기를 하고 보리를 베는 것이 어떨까 하는 생각이 들었다. 나이답지 않은 당찬 발상이었다.

일본인 교장 선생님을 찾아가 그 생각을 말했다.

교장 선생님은 정임의 그 말을 듣고 한동안 무슨 생각을 하시더니 이윽고 웃으면서 쾌히 승낙을 해 주었다.

당시 정임은 반에서 공부가 뒤떨어진 아이들을 가르쳐 주기도 했고, 또 교내에서 갑자기 배가 아파하는 아이들을 도맡아 치료해 주기도 했었기 때문인 것 같았다.

그 말을 어머니에게 전했을 때였다.

"가시나 당차기는……. 어떻게 그런 생각을 다 해냈던고."

어머니는 오래간만에 입가에 웃음을 지으셨다. 그 때 정임의 나이 열여섯 살이었다.

그 뒤 어머니는 무슨 생각을 하셨던지 먼데 있는 논밭은 일손이 딸린다는 이유로 팔아 넘겼다. 그리고 만주 봉천 신의주로 장사를 떠나신다고 짐을 꾸렸다.

서글펐다.

어머니는 그 장삿길을 한 번 떠나면 근 열흘만에 돌아올 때도 있었고, 길어질 때는 보름, 아니면 스무 날만에 돌아올 때도 있었다. 그리고 돌아오면 돈이 배로 불었다고 좋아하셨다.

하지만 정임은 어린 동생들을 맡겨 놓고 장사에만 신경 쓰는 그런 어머니가 은근히 못 마땅하기까지 했다.

그런데 정작 서운한 것은 그 다음이었다.

어머니는 농사가 줄어들면서 집을 팔아 윗동네 방 두 칸에 부엌 마루만 덜렁 있는 제일 작은집을 사서 이사를 했다.

서운했다.

정욱이 아저씨도, 대굴 할아버지네도 다 떠났다.

식구라곤 정임이네 형제만 남게 되었다.

어머니는 여전히 그대로 장사를 했고, 그 뒤에 남겨진 식솔들은 오롯이 열여섯 살 정임의 몫이었다.

동생들도 챙겨야 하고, 학교도 가야 하는 정임의 생활은 다른 어떤 생각을 해 볼 틈조차도 없었다.

동네 친구들과 어울려 놀아본 것이 아득한 옛 이야기 같기만 했다. 그런 생활 속에서 불안한 것은 어린 남동생 둘을 이웃집 할머니에게 맡겨 놓고 학교를 가야 한다는 것이었다.

"왜 우리가 이렇게 살아야 하지?"

그런 생활이 점점 힘들어지는 정임은 때로는 망할 놈의 세상 때문이라고 원망도 했고, 식구들을 맡기고 훌쩍 장사를 떠난 어머니를 원망할 때도 있었다.

하지만 그처럼 고달픈 생활 속에서도 고마운 것은 차임, 삼례 두

동생이 공부를 잘해 반에서 급장으로 뽑혔다는 것이 유일한 기쁨이고 위로였다. 그야말로 일인삼역을 해내야 하는 정임은 하루 수면 시간이 서너 시간이 고작이었다.

학교 숙제도 해야 했고, 거기다가 수예 숙제까지 도무지 눈코 뜰 새가 없었다.그처럼 바쁘고 피곤한 생활에 정임은 아버지가 더욱 그리워지곤 했다.

그러나 기다리는 아버지는 어찌된 일인지 불구가 되었다는 소식뿐 도무지 돌아올 줄을 몰랐다.

그리고 1944년, 또 해가 바뀌었다.

그때쯤 '근로봉사 정신대' 라는 항목 하에 학교마다 학생을 뽑아 정신대로 보내라는 명령이 위로부터 하달되었다.

그 제도는 1943년 조선총독부에서 만들어진 것이었다.

하달 명령을 받은 정임의 학교에서는 근로봉사 정신대로 보내질 여학생 20명을 소집해서 예비 훈련을 시킨다고 했다. 그리고 학교에서는 열심히 일어도 가르치고 방공훈련도 시켰다.

그 해는 전국 방방곡곡에서 배를 곯아 죽어가는 사람이 많았고, 거기에다가 호열자 병이 마을마다 휩쓸고 있어서 죽어 나가는 사람이 많았다.

그러나 살아도 죽은 목숨이나 마찬가지로 초근목피로 연명해야 했던 농촌 사람들이었다.

살아남기 위해서는 산에 올라가 관솔도 따야 했고, 농사도 지어 순사들의 독촉이 빗발치는 공출도 바쳐야 했다.

해마다 흉년은 계속되었다.

그야말로 죽지 못해 살아가고 있는 농촌 사람들이었다.

살기 위해서는 들로 산으로 쏘아다니면서 봄나물을 뜯어다가 된장에 풀어서 죽을 쑤어 양식을 대신하기도 했다.

그러한 농촌 분위기 속에서 어쨌거나 보리밥이라도 먹을 수 있다는 것은 부모님의 은공으로 감사해야 했다.

어머니는 먼 길에 장사를 하고 돌아와 힘이 드는지 가끔은 삐쭉삐쭉 눈물을 내보이기도 했다.

그런 어느 날 어머니는 혼잣말처럼 중얼거렸다.

"망할 놈의 세상, 양반 상놈만 찾아쌓고 당파싸움으로 지랄해싸더니 백성들 개돼지 모양으로 이 꼴을 만들어 놓고 망해도 싸지, 싸."

푸념을 늘어놓는 어머니는 장사 이외는 아무 다른 생각이 없는 사람 같았다.

하긴 농촌 사람들 모두가 먹고 살아남는 일에만 매달렸기 때문에 어머니라고 별 다를 수 없는 시대 상황이었다.

며칠 후 또 장삿길을 떠나는 어머니가 정임을 보고 말했다.

"너한테 못할 일을 너무 많이 시키는구나. 그러나 어쩌겠냐, 다시 국을 잘못 타고 난 죄로 느그 아부지는 병신이 되고…. 힘들지만 우리 조금만 참자 잉. 그러다 보면 좋은 날도 있겠제. 평생 이럴라드냐. 이번 길은 열흘이면 돌아오겨."

그러나 어찌된 일인지 열흘이면 돌아오신다고 하던 어머니는 스

몇날이 지나도 캄캄 무소식이었다.

정임은 하루하루가 고달프고 안타깝기만 했다.

밤이면 특히나 더 엄마를 찾고 보채는 호인이와 호표였다.

애타오는 가슴이 피눈물이 날 것만 같았다.

그날 밤은 유난히도 호표가 칭얼대며 보챘다.

정임은 호표를 업고 밤길을 나섰다.

혹시라도 어머니가 올지도 모른다는 생각에서였다.

어머니가 오시는 길은 공동묘지 산을 넘어야 했다.

밤길에 무서워서 어디쯤 가다가 돌아섰다.

그러기를 며칠 동안 했어도 어쩐 일인지 어머니는 오실 줄을 몰랐다.

어머니를 기다리고 찾는 동생들의 모습이 더없이 가엽고 처량했다. 어머니가 장삿길 떠난 지 한 달 가까이 되어 오고 있던 어느 저녁나절이었다.

그날은 어쩐지 날씨가 구름이 끼고 흐렸다. 정임은 어린 동생을 등에 업고 기약도 없는 어머니를 마중 나갔다.

그 걸음은 누구를 향한 원망인지 심술이 나면서 어느 사이 공동묘지 산 중턱을 오르고 있었다. 그때쯤은 무섭기도 했지만 힘이 들면서 울음이 나왔다.

흐리던 날씨가 이윽고 부슬비까지 뿌리고 있었다. 무서운 생각이 들었다.

정임은 등골이 땀에 젖어오면서 무서움을 쫓기 위해 소리쳐 어머니 아버지를 불렀다.

"어무니!…… 아부지!……."

얼마를 그렇게 소리쳐 불러대고 있을 때였다. 어디선가 분명히 어머니의 목소리가 들려 왔다.

"정임아!……."

"어무니!…… 흑흑……."

꿈인지 생시인지 왈칵 눈물이 쏟아졌다. 그건 분명히 꿈이 아니었다.

"정임아! 호표야! 아이고 내 새끼들…. 여기가 어디라고 이 밤중에……."

부슬비 내리는 공동묘지 산 중턱에서 정임은 어머니를 만나 울고 또 울었다.

어머니도 울었고, 호표도 울었다.

처량한 울음소리가 점점 굵어지는 빗소리에 잠겨 들고 있었다.

집에 도착했을 때였다.

어머니는 머리에 무겁게 이고지고 온 보따리를 마루 위에 내려놓고 방에서 반갑게 뛰어나오는 아이들을 얼싸안고 애간장이 녹아드는 것 같은 울음을 터뜨렸다.

"내 새끼들, 안 죽고 살았구나…. 흐흑, 흑흑."

어머니는 얼마를 그렇게 꺼이꺼이 울었다.

그리고 얼마만에 방에 들어와 불빛에 비춰본 어머니의 얼굴은 말이 아니었다.

쪽머리 비녀가 없어진 짧은 팔랑 머리에 이마에는 피멍울이 들어 있었고, 너덜거리는 치마저고리에는 핏자국도 흉칙하게 묻어 있었다.

아무래도 무슨 일이 있었던 것 같았다.

안색을 살피면서 물었다.

"엄니 머리가 왜 그래?"

"하마터면 중국에서 왜놈 헌병들한테 붙잡혀가꼬 생체시험을 한다던가 하는 디로 넘겨져서 죽을 뻔 했어야."

그 모습은 그 동안에 있었던 어머니의 생활이 예사롭지 않았다는 것을 말해 주고 있었다.

서러움이 복받쳐 눈물이 흘러 내렸다.

정임은 눈물을 삼키면서 어머니의 밥상을 차려 들고 방으로 들어왔다.

어머니는 허기져 있었던 것 같았다.

단숨에 밥그릇을 비워냈다.

밥상을 물리고 어머니는 무겁게 이고지고 왔던 봇짐을 풀면서 말했다.

"요것이 우리 식구들 먹여 살리는 것이란다."

갖가지 물품들이었다. 포목으로는 한산모시, 세황포, 중국 비단에 중국 분, 조선 가위, 만주 강엿 등 이름도 헤아릴 수 없는 많은 것들이 펼쳐져 있었다.

펼쳐 놓은 물품들을 보면서 정임은 눈물 밖에 나오지 않았다. 그

물품들을 한쪽으로 치워 놓고 저녁 잠자리에 누웠을 때였다.

어머니가 긴 한숨을 내쉬면서 말했다.

"정임아, 내가 왜 장사를 하는지 아냐?"

"……."

거기에 뭐라고 대답을 할 수가 없는 정임은 어머니의 다음 말을 기다렸다.

이윽고 어머니가 다시 입을 열었다.

"농사라고 지어도 공출 바치고 나믄 없고, 돈이 있어야제 느그 형제들 공부도 시키고 할 것 아니냐. 엄니는 못 배운 것이 한이 돼서 느그 형제들만은 누구보다 잘 가르쳐서 그 소원을 풀어 볼라고 그런단다. 그 동안 정임이 니가 많이 힘들었지? 내가 다 안다. 그래서 이 에미를 원망도 많이 했을 것이고……."

어머니의 그 말에 정임은 가슴이 뜨끔했다.

그 동안 어머니를 원망하고 야속하게 생각한 것이 한두 번이 아니었기 때문이다.

아무 대답을 할 수가 없었다.

그러자 어머니가 정임의 손을 더듬어 꼬옥 잡으면서 말했다.

"그러니까 이 엄니가 아홉 살 때였어. 느그 외할아버지가 남매를 두고 돌아가셨지 뭐냐. 그래서 느그 외삼촌하고 나는 느그 외할머니하고 셋이서 살았는디, 내 나이 열세 살 되던 해였어. 자고 나니까 어무니가 눈에 안 보여서 큰집 작은집을 다 찾아가 봐도 안 계신 거여. 그래 온 동네를 다 찾아봐도 안 보여가꼬 얼마를 울었는지…. 그러니까 남매 데리고 먹을 건 없지 하니까 엄니가 집을 나가신 거여."

"큰아부지 작은아부지가 있었다면서?"

그 대목이 답답해서 정임이 불쑥 말했다.

"흐흥! 조카들을 이웃집 넘보듯한 것이 엄니가 서운했던 거여. 그러니까 느그 집안 씨 두고 나갈 테니 느그들 알아서들 해라, 뭐 이런 거였겠지. 날이 가고 달이 가도 안 나타나시지 뭐냐. 할 수 없이 큰집 작은집에서 의논을 했던지 느그 외삼촌은 큰집으로 나는 작은집으로 헤어져서 살게 됐었지 뭐냐. 그때부터 나는 배고픈 설움보다 부모 없는 설움이 더 크다는 것을 느꼈단다. 동생 얼굴이 보고 싶어서 작은집 사촌 동생을 업고 큰집에 갔더니 큰집 언니가 독선생을 두고 공부를 하는디 내가 방해된다고 큰어무니가 구경도 못하게 하잖여, 몇 번이나 그랬어."

"……."

"생각해 보면 큰집 큰어무니가 좀 찬 사람이었어. 동생이 보고 싶어서 찾아가면 별로 반가워하는 기색이 없었으니께. 그 때는 큰집 언니가 공부하는 것이 어찌나 부럽던지 큰어무니가 밭에 나가고 안 계시면 부엌에서 숯을 들고 살금살금 언니 공부하는 방문 문창을 침으로 뚫고 훔쳐 보면서 손바닥에 숯으로 한 자 한 자씩 써서 글을 배웠단다. 그때 선생님 앞에서 공부하는 그 언니가 어찌나 부럽던지…. 방문 밖에서 언니 어깨 너머로 공부하다가 큰어무니한테 여러 번 혼이 나고 했으니께……."

"……."

"그래서 너희들만은 넘보다 공부 더 많이 시키고 싶어서 발바닥
이 아픈지도 모르고 장사를 댕기는 거란다. 내가 공부 욕심이 많은
것은 그때 한이 맺혀서 그런 거여. 그 한이 느그 아부지하고 결혼
을 해가꼬 느그 아부지한테 밤마다 못 다한 공부를 배운 거여. 글
고 느그들만은 무슨 짓을 해서라도 넘 뒤떨어지지 않게 교육시키
자고 느그 아부지하고 약속혔었는디 세상이 요러큼 생겨가꼬….
그래, 이 엄니는 비가 오나 바람이 부나 느그들 넘보다 잘 가르치
고 싶은 그 마음뿐이란다. 그게 아니면 무슨 재미로 이 험한 세상
을 살겄냐. 그것이 이 세상 모든 부모 된 미음이겄제만은."

어머니의 가슴 속 한 맺힌 이야기를 듣고 있는 정임의 눈물이 하
염없이 베갯잇을 적시고 있었다.

정임은 그때서야 비로소 외할머니가 친 외할머니가 아니란 사실
을 알았다.

그리고 어린 시절 어머니의 그런 아픔 때문에 비가 와도 바람이
불어도 오직 자식만큼은 잘 길러 보겠다는 오직 그 생각 하나만으
로 그 힘든 장삿길을 발이 부르트도록 다녔다는 이야기를 들으면
서 가슴이 뭉클하게 젖어 왔다.

어머니에 대한 고마움을 새삼 느끼면서 그 마음 헤아리지 못했
던 것이 미안하고 또 미안해서 먼동이 터오도록 가슴을 적셨다.

격동의 시대

   보일 듯 보이지 않는 아버지를 식구들이 그처럼 기다리는 동안 이윽고 1945년 8월 15일, 꿈에서도 그리던 조국 해방의 날을 맞았다.

   이 마을 저 마을에 태극기가 높이 휘날리면서 마을 사람들은 좋아서 덩실덩실 춤을 추었다.

   우리 민족의 해방은 1910년 8월 29일 경술 국치일로부터 정확히 34년 11개월 보름만에 이루어진 것이다. 하지만 1876년 2월 2일 일제의 강압에 의해 체결된 병자수호조약(강화도조약)으로부터 계산하면 69년이었고, 실제적으로 국권을 빼앗긴 1905년 을사조약에서부터 계산하면 40년간의 긴 세월이었다.

   그 기간 동안 우리 백성들은 모든 것을 이민족에게 빼앗긴 통한의 망국기였다.

말과 글씨를 빼앗기고, 전통과 문화를 박탈 당하고, 그것도 모자라 조상대대로 물려받은 성씨마저도 바꾸어야 했던 치욕은 그야말로 민족말살 그 자체였다.

감격적인 그날의 해방은 그러한 민족굴욕을 벗어나기 위해 광야를 집으로 삼고 세계를 향해 허위거리며 외쳐 온 독립투사들의 희생이 있었기에 마침내 조국 광복을 맞을 수 있었던 것이다.

그러한 조국 광복에 일제에 접착력 좋게 아부하며 살아가던 가솔들은 반대로 곤혹을 치루기도 했고, 해방을 맞아 징병에 끌려 나갔던 사람들이 하나둘씩 돌아오면서 동네는 연일 잔치 분위기로 술렁거렸다.

그 귀가 대열 속에 아버지의 모습이 나타나기를 학수고대하며 목을 빼고 기다리는 정임의 식구들이었다.

그러나 어찌된 일인지 그처럼 기다리던 아버지의 모습은 끝내 나타날 줄 몰랐다.

한 달이 가고 두 달이 지나면서 어머니는 기다림에 지치셨던지 긴 한숨을 내쉬면서 말했다.

"죽었으면 기별이라도 올 텐디…. 그 몸을 끌고 어디 가서 뭘 하는지 소식도 없는고."

기다림에 지쳐 긴 한숨 땋아 내리는 어머니의 눈물에 시월의 귀뚜라미가 애처롭게 울어대면서 정임도 울었고, 동생들도 따라 울었다.

그러는 동안 어느덧 동네 가을 추수도 끝나고 싸늘한 바람이 겨울을 알려오는 11월 어느 날이었다. 밖에서 돌아오신 어머니가 정임을 가만하게 불러 앉히고 말했다.

"야속한 느그 아부지는 일자무소식이고…. 살았으믄 언젠가는 돌아오겄지."

그리고 어머니는 정임의 얼굴을 힐끔 한 번 쳐다보더니 다시 입을 열었다.

"너한테 좋은 혼처 자리가 중매 들어왔는디 날 잡아서 보기로 했응께 그리 알어."

뜻밖이었다.

잠시 할 말을 잃어버린 정임은 눈만 꿈뻑거리다가 얼마만에 앉음새를 고쳐 앉으면서 되물었다.

"그렇께 시방 나보고 시집가라 고라."

"그려, 인자 늬 나이 열여덟이여. 적당한 혼처 자리가 났응께 그리 알고 준비혀."

"참말로 엄니는, 아부지도 안 돌아왔는디 어떻게 그런대요?"

"지금까지도 안 돌아온 느그 아부지여, 언제 올 줄 알고…. 올 때 되면 오더라도 우리 집 사정도 아는 좋은 혼처 자린께…."

어머니가 말하는 좋은 혼처 자리는 한 마을에 사는 성(成)씨 가문에 셋째 아들로 중매가 들어왔다고 했다.

이름이 성창조라고 했다.

정임은 고개를 흔들었다.

그리고 분명히 말했다.

"아버지 소식도 모르는 판에 결혼을 하라고? 난 아부지 돌아오
신 것 보고 시집갈래요. 그래야 친척들이 축복도 해 주고 그러지
아부지 없이 결혼하는데 친척들이 좋아한대요?"

완강히 머리를 내젓는 정임의 볼묵은 말에 어머니의 목소리가
높아졌다.

"자식들 한참 돈 들어갈 때 나 몰라라 밖으로만 싸댄 느그 아부
지고, 친척들도 누구 하나 느그 교육시킬 때 연필 한 자루 사다 준
사람이 없었는디, 이제 와서 이 혼사에 뭐 어쩐다고?"

그 동안 친척들의 무관심이 서운함으로 마음에 앙금져 있는 듯
한 어머니의 말이었다.

다시 덧붙여서 말했다.

"누구보다도 자식 잘되기 바라는 것이 부모 마음인 거여. 그러니
께 그렇게 알고…."

어머니의 생각은 이미 그 쪽으로 굳혀진 듯했다.

하지만 그렇다고 생각지도 않던 결혼을 그대로 받아들일 수가
없었다. 아니 결혼만은 죽기보다 싫은 정임이었다.

생각 끝에 다음날로 슬그머니 집을 나와 버렸다.

어머니의 뜻을 거부하는 일종의 반항 같은 것이었다.

무작정 집을 나왔지만 갈 곳이 마땅치 않았다. 외갓집은 그렇고,
생각 끝에 어머니가 평소에 서운하게 생각하고 있는 친할아버지
댁으로 걸음을 옮겼다. 들판을 지나 십리 길을 걸었다.

"아이고 늬가 웬 일이냐?"

정임을 본 할머니가 쫓아 나오면서 눈을 휘둥그렇게 떴다. 할머니를 보자 정임은 아버지를 본 듯 눈물이 삐쭉 나왔다.

"할무니!···. 흐흑···."

"울긴? 무슨 일이 있는 게로구나."

"엄니가 아부지도 아직 안 돌아오셨는디 나보고 시집가라고···."

"뭐여? 그거이 뭔 소리다냐? 느그 아부지는 꼭 돌아올 것잉께 정임이 늬 생각이 맞는겨. 그렇께 걱정 말고 느그 아부지 올 때까지 여그서 지내거라."

정임을 훈수하는 할머니의 말에 삼촌들도 동조하고 나섰다.

"그래, 형님은 꼭 돌아오실겨. 할머니 말씀대로 그때까지 여기서 삼촌들이랑 함께 지내자. 걱정 묶어두고···."

정임도 그럴 생각이었다. 그래서 집으로 돌아가지 않고 그 며칠이 지났을 때였다.

두 눈에 힘줄을 세운 어머니가 모습을 나타냈다. 그리고 할머니와 입씨름이 붙었다.

"지금까지도 안 나타나는 인사를 기다리라고요? 올 사람 같았으면 진즉 왔지요. 흐흥!"

"그래도 안 죽었으니께 언젠가는 나타날 거 아녀?"

"사주단자도 들어왔는디 그라믄 돌려보내라구요? 나는 그렇게는 못하겠구만요."

"그래도 가스나가 싫다는디 어쩔 거여. 돌려보내야지."

어머니는 기가 막힌다는 표정이었다.

정임과 할머니를 번갈아 쳐다보더니 억장이 무너진다는 듯이 힘없이 걸음을 돌려세우면서 말했다.

"잘난 저년 즈그 아부지 돌아오면 전하세요. 내 딸 내 마음대로 못하고 에미는 죽었다고요."

막말을 하듯 하는 어머니의 그 말에 할머니도 삼촌들도 어이가 없다는 표정들이었다.

그날 밤이었다.

할머니와 삼촌들은 아무래도 그대로는 안 되겠다는 생각이 들었던지 정임을 불러 앉히고 말했다.

"안 되겠다. 느그 엄니 고집이 보통 센 사람이냐? 돌아가거라. 이 담에 우리가 원망 듣게 생겼웅께."

"싫어유. 시집가긴 죽기보다 싫단 말여유."

정임은 삼촌들의 설득에도 고개를 흔들었다.

마음에도 없는 사람과 결혼을 해서 아이를 낳고 거기에 매달려 산다는 것은 생지옥과 다를 것이 없다는 것을 어른들의 생활을 보면서 느껴 왔기 때문이다.

그래서 다른 것은 몰라도 결혼만큼은 어머니의 말에 따르고 싶지 않았다.

정임은 처음으로 어머니를 실망시키면서 마음을 상하게 해 주고 있었다.

그런데 그 며칠이 지나서였다.

밤 여덟시쯤 되었을까?

대문 안으로 들어서는 어머니의 목소리가 칠흑 같은 밤의 정적을 깨웠다.

"정임아! 니가 이 에미를…. 그럴 수가 있냐? 흐흑."

그 뒤를 이어 마당에서 소란스러운 발자국 소리가 어지럽게 들려 왔다.

숨어서 방문 밖으로 빼꼼히 고개를 내밀었을 때였다. 어머니는 며칠 전부터 흰 눈이 내려 쌓인 어둠 덮인 마당 위에 혼수상태로 쓰러져 있었고, 웬 남자 둘이 그런 어머니를 정신없이 들쳐 없고 대문을 나서고 있었다.

가슴이 덜컥 했다. 정신이 아찔해 오면서 아무 생각도 할 수가 없었다.

그대로 뛰어 나가 어머니를 들쳐 업고 가는 남자들의 뒤를 저만치서 가만하게 쫓아가고 있을 때였다.

마을 어귀에 얼굴을 알 수 없는 웬 남자 대여섯 명이 기다리고 있었던 듯 그 뒤를 따랐다. 어두워서 누구인지 잘 알 수가 없었다.

그들은 이윽고 어머니를 집에다 내려놓고 두런거리며 돌아나왔다.

"아주머니 저렇게 맘 상하시다가 큰일 나는 거 아녀?"

"그러게 말이여."

도저히 그대로 발길을 돌릴 수가 없는 정임이었다.

가만히 숨어서 옆방으로 들어갔다.

아우들은 잠이 들어 있었고, 얼마 후 어머니가 눕혀진 방에서 간

혹 흐느낌의 소리가 들려 왔다.

깨어나신 것이 분명했다.

안도의 숨을 내쉰 정임은 날이 밝기 전에 다시 집을 나가려고 했었다.

그런데 밤 눈길에 지쳐 그대로 잠이 들고 말았다.

눈을 떴을 때는 동생 차임이 아우들의 밥을 지어서 먹이고 있다가 잠에서 깨어난 정임을 보고 볼묵은 소리를 해댔다.

"언니 땜에 우리 집 초상집 같단 말이야. 엄니가 얼마나 속상해 한지나 알어? 치이!"

"엄니가 시집가라고 하니까 그렇지."

"나같으믄 좋겠네, 흐흥! 엄니가 언니 일어나기 기다리고 있어. 들어가 봐."

정임은 잠시 망설였다. 그러나 달아난다고 해결될 문제가 아닌 것 같았다.

기척 없는 어머니의 방문을 살며시 열었다.

어머니는 무슨 생각을 하는지 눈을 천장에 못 박고 멍하니 앉아 있었다.

그러다가 얼마만에 정임을 의식한 듯 고개를 돌리면서 무거운 목소리로 입을 열었다.

"세상에 어느 부모가 자식 못되라고 내모는 그런 부모가 어디 있다드냐. 때가 되면 짝을 지어주는 것이 부모 도리라서 그런 것인디. 그대로 처녀 귀신으로 늙어 죽게 할 순 없잖여. 가스나 고운 때

놓치면 시집 못간 몽달귀신 되는 거여. 다 지 생각하고 한 것인디, 내가 늬를 잘못 키웠는갑다. 에미 맘도 모르고."

그 말을 하고 어머니는 땅이 꺼져라 긴 한숨을 내쉬었다. 그 한숨 앞에서 더는 어떤 말을 할 수가 없었다.

하지만 그 결혼만은 끝내 하고 싶지 않은 정임이었다.

그래서 그 며칠 후 정임은 다시 할머니 댁으로 도망치고 말았다. 그리고 할머니를 보고 말했다.

"할무니, 난 아부지 돌아오시면 집에 갈래요."

완강한 정임의 고집에 할머니도 어쩔 수 없으셨던지 고개만 까딱해 보이고는 아무 말이 없으셨다.

그 일주일 쯤 지났을 때였다.

뜻밖에도 아버지가 돌아오셨다는 반가운 소식이 날아들었다.

처음에는 믿어지지가 않았다. 어쩌면 어머니가 정임을 집으로 불러들이기 위해 지어낸 헛소문일 것이라는 생각도 들었다.

그런데 그 소식은 놀랍게도 사실이었다.

목발을 짚고 돌아오신 아버지였다.

비참한 아버지의 모습에 식구들은 말할 것도 없고 친척들 역시도 아버지와의 상봉은 눈물, 또 눈물바다를 이루었다.

아버지의 귀가로 정임은 집으로 돌아왔다.

그리고 정임의 정혼은 어머니의 뜻대로 서둘러 진행되었다.

그리고 그 혼삿날이 일주일 쯤 전으로 다가왔을 때는 어머니의 손끝에서 밤낮없이 만들어진 혼사 준비물이 인사 옷에서부터 여름이불, 겨울이불 할 것 없이 방 윗목에 수북하게 쌓여졌다.

그 혼사 준비물이 떠나야 하는 슬픔처럼 쌓이면서 가슴을 울먹이게 했다.

"여자는 때가 되면 시집을 가야 하는 것이란다. 네 신랑감으로 성 서방 그만하면 어디 나무랄 구석 없는 사람잉께 시부모님 잘 섬기고 아들 딸 낳고 재미있게 살아야 혀."

딸의 모습을 옆에서 지켜보고 있던 아버지가 위로하려는 듯이 달래며 하시는 말씀이었다.

아버지는 그 사람을 어릴 때부터 보아왔다면서 정임을 안심시키려는 듯이 입 칭찬을 다시 했다.

"고맙게도 내가 온다는 소식을 듣고 캄캄한 밤에 눈길을 친구들하고 가마를 가지고 마중 나왔더구나. 장인 될 사람이라고 극진하게 모시는 것이 사람이 돼보이드라. 너는 모르지만 니 신랑 될 창조는 어려서부터 남자 중에도 남자였어."

아버지가 정임을 위로하며 다독이는 위로의 말은 그랬다.

같은 시골에서 어려서부터 성장 과정을 지켜봤고, 그래서 믿음이 가면서 든든하다는 말씀인 듯했다.

어쩔 수 없이 혼례식을 올리게 되었다.

1945년 음력 11월 22일이었다.

드디어 집을 떠나는 날이 왔다.

그날 따라 흰 눈이 펑펑 쏟아지고 있었다.

곱게 분단장을 한 새색시 정임은 마침내 가마에 올라타고 정든

집 대문을 나서는데 눈물이 주체할 수 없이 흘러 내렸다.

"흑흑, 흑…."

가마 안에서 훌쩍이는 울음소리가 뒤따라오는 동생들의 울음을 터뜨리게 하고야 말았다.

특히 등에 업고 기르다시피 한 호표는 몸부림을 치는 듯한 울음소리로 떠나는 걸음을 자꾸만 뒤돌아보게 했다.

"안돼 누나! 가면 어떻게 해. 가지 마! 가지 말란 말야!… 흑흑, 흑……."

"호표야! 호표야! 흑흑……."

여전히 울면서 뒤따라오는 동생 호표였다. 정임은 마침내 가마를 세우게 하고 밖으로 고개를 내밀면서 말했다.

"아저씨, 저 우리 동생 같이 가게 가마 속에 넣어 주세요, 네? 제발…."

"어른들이 업고 뒤따라오시니까 아씨는 걱정하지 마십시오."

새색시 분단장은 하염없이 흘러 내리는 눈물에 엉망이 되고 말았다.

이윽고 시집 마당에 당도했을 때였다.

신랑이 가마 문을 열어주면서 말했다.

"추운데 오느라고 고생이 많았소."

그러자 시집 하인 포역이네가 신부의 손을 잡아주면서 말했다.

"아씨, 추운데 어서 안으로 드십시다."

그때였다.

신랑이 색시를 두 손으로 번쩍 들어 안아가더니 마루 위에다 내려놓았다.

구경꾼들의 웃음이 여기저기서 흐드러졌다.

그 속에 어떤 젊은 아낙이 다가와 냉큼 색시의 손을 잡고 방으로 들어갔다. 뒤따라 온 동생들도 따라 들어왔다.

방안에는 새색시를 구경하러 온 동네 사람들 여럿이 모여 앉아 기다리고 있었다.

정임은 울음으로 엉망이 된 모습을 그들 앞에 보이고 싶지 않았다. 그대로 고개를 푹 숙인 채 얼굴 한 번 들지 않았다.

정임은 그 자리가 마치 형벌처럼 느껴졌다.

자꾸만 눈물이 솟구쳐 흘러 내렸다.

그 모습을 옆에서 본 동생 호표가 조그만 주먹손으로 누나의 두 볼에 흘러 내리는 눈물을 닦아내 주면서 보채듯이 말했다.

"누나야, 캄캄해진다. 집에 가게 빨리 일어나, 응….."

"저런, 저런…. 이리 오지 못해!"

어머니가 호표를 나무라며 얼른 끌어안고 밖으로 나갔다. 그 뒤를 차임이 따라 나가면서 식구들 모두가 뒤따라 나가 버렸다.

인사도 없이 다 떠나가고 덩그마니 색시 혼자만 남게 되었을 때였다.

신랑 큰 형수 되는 분이 들어와서 손을 잡아주면서 말했다.

"눈물을 거두시게. 인자 우리 한 식구가 됐으니 재미있게 살아 보세나. 그러고 삼일만 지나면 신행으로 친정도 갔다 오게 한다네."

외톨이가 된 것 같은 색시의 마음을 이해한다는 듯한 위로의 말이었다.

그날 밤이었다.

신랑 각시가 비로소 어른이 된다는 성인의식을 치른다는 첫날밤 잠자리가 준비되어 있었다.

하지만 마치 도살장에 끌려온 것 같은 정임이었다. 돌아앉은 그대로 친정에서처럼 신랑에게 눈길 한 번 주지 않았다.

답답했던지 신랑이 볼묵은 소리로 말했다.

"아, 언제까지 그러고만 앉아 있을 건고, 내 참⋯."

"먼저 주무셔요."

그것이 첫날밤을 치러야 하는 새색시의 대답이었고 보면 신랑은 어이가 없다는 표정이었다.

그런데 그런 첫날밤의 분위기는 그날 밤도, 또 그 다음날 밤도 그대로 마찬가지였다.

조금도 눈길을 주지 않고 각 이불을 쓰자고 했다.

신랑은 새색시의 그처럼 어처구니없는 고집에 어쩌지도 못하고 더 없이 답답해 했다. 그렇게 잠자리 한 번 하지 못한 서먹한 관계로 그 해가 바뀌었다.

시집에서는 친정집에 혼례 사흘 만에 보내준다는 신행길을 웬일인지 해가 바뀌어도 입 밖에도 내지 않았다.

어느덧 정초가 지나고 대보름날이었다.

얼굴 표정이 밝지 않은 시어머니가 정임을 조용히 불러 앉히고 입을 열었다.

"며눌애기 너 친정 다녀오는 신행 기다렸을 줄 내 안다. 하지만 너무 서운하게 생각지 말아라. 느그 형님들도 육칠 개월 만에 보내 주었응께."

"제가 무슨 말을 형님들한테 했나요?"

"들은 말이 있어서가 아니라 늬 서운해 하는 거 다 안다. 그란디 오늘 내가 늬를 친정에 보내는 것은…. 그러니께 느그 엄니한테 가서 배우고 올 것이 있어서 그래. 여자는 자고로 시집을 오면 애를 낳아야 허는 것인디, 여지껏 신랑 잠자리도 안 해 준다며?"

시어머니가 못 마땅해 하는 이유를 비로소 알 것 같았다.

이윽고 신행차비가 마당에 서둘러졌다.

가마에 올랐다.

그리고 신랑을 앞세우고 친정집에 도착했을 때는 연락을 받은 친척들이 모두 모여 앉아 기다리고 있었다.

일일이 어른들에게 인사를 올리고 저녁식사가 끝났을 때였다. 친척 아저씨들과 동네 젊은 사람 칠팔 명이 신랑 발목을 묶은 다음 대들보에 매달고 한 턱을 내야 한다며 떠들었다.

그리고 묶인 신랑의 발바닥을 방방이로 쳐대는 사람들이 웃어대면서 말했다.

"어쩔 텐가? 신부가 돼지를 잡을란가, 신랑을 잡을란가?"

그것이 시골에서 흔히 볼 수 있는 재미로 조상들로부터 전례된

혼인 풍습 같은 것이기도 했다.

어머니는 그럴 줄 알고 미리 준비해 두었던 닭과 술을 푸짐하게 들여와 신랑 발목을 풀어주게 했다.

비로소 술자리가 마련되면서 신랑 신부가 노래를 불러야 할 차례가 되었다.

노래라면 어려서부터 누구보다도 자신이 있는 정임이었다. 축음기에서 배웠던 〈봄처녀〉를 구성진 가락으로 부르기 시작했다.

"봄이 왔네~ 봄이 와~ 숫처녀 가슴에도 봄이 와~."

분위기는 흥이 돋았고, 신랑 역시도 오래 간만에 얼굴에 화색이 돌았다.

신랑 각시로 혼례를 올리고 52일 만인 그날 밤 처음으로 신방을 치루게 되었다.

신랑은 좋아서 어쩔 줄을 몰라 했다.

그러나 정임은 반대로 숫처녀 막이 찢어져 나가면서 피가 흐르고 도무지 아파서 견딜 수가 없었다.

그런데 한 번 그 짓에 재미가 들린 신랑은 새벽녘 눈을 뜨자 또 그 짓을 하려고 몸을 더듬었다.

정임은 자신도 모르게 신랑 가슴을 힘껏 밀쳐내면서 말했다.

"짐승처럼 왜 또 이래요?"

"어, 어, 이 사람이 왜 이래, 가만 좀 있어요."

"아파서 싫다니까요."

그러나 불끈거리는 신랑의 욕망은 그처럼 색시가 싫다고 뿌리치는데도 겁탈을 하듯이 달려들었다.

　그리고 속옷을 벗기고 욕구를 채우려고 했다.

　정임은 그런 신랑이 마치 짐승처럼 보여졌다. 있는 힘껏 두 손으로 밀쳐냈다.

　신랑이 벌러덩 뒤로 넘어졌다가 일어나면서 어처구니가 없다는 듯이 말했다.

　"꼭 이럴 거야? 내가 장가를 잘못 들었군, 흐흥!"

　신랑은 눈에 힘줄을 세우고 쏘아보더니 그대로 옷을 걸쳐 입었다.

　그리고 화가 난다는 듯이 걸음 소리도 요란하게 문밖으로 사라졌다.

　정임은 신랑이 다시는 들어오지 못하게 문고리를 안으로 걸어 잠궈 버렸다.

　그리고 그 뒷자리에 우두커니 앉아 차라리 죽어야겠다고 생각하고 있을 때였다.

　방문을 흔드는 어머니의 노기 서린 목소리가 들려 왔다.

　"너 이년! 신랑한테 무슨 짓을 한겨? 도대체 어쩌자고 끝까지 이 에미 속을 썩히는겨? 어서 이 문 못 열어? 정말 이럴겨?"

　"나 차라리 죽을래요, 흑흑….."

　그러자 어머니는 안 되겠다 싶은지 언성을 낮추면서 말했다.

　"옛날 어른들은 여자 나이 십오세면 신랑과 시부모를 섬기라 했고, 남자 나이 십 오세가 되면 부모와 나라를 섬길 줄 알아야 한다

고 그랬어. 그란디 늬 나이 시방 몇 살이라고 그 동안 고생하고 가
르친 이 에미를 생각해서라도 그러믄 못 쓰는거. 그것이 여자로 태
어난 운명이라는 것이여. 왜 남자 여자가 씨입한다고 한지 아냐?
남자는 씨고 여자는 밭이라는 거여. 그래 농부가 씨를 뿌릴라모 밭
을 파야 할 거 아녀? 그걸 보고 씨입한다는 거여. 그런디 신랑 손을
몸에 못 대게 하믄 어쩔 거여?"

어머니는 방안에서 신랑각시가 그 일로 삐걱대는 소리를 들은
듯 그렇게 나무라면서 다시 달래듯이 말했다.

"복에 겨운 짓하지 말고 마음 고쳐 먹고 재미있게 오순도순 살아
야 하는겨. 그것이 너를 낳고 키워준 부모한테 효도하는 것이여,
알았냐?"

하지만 정임은 그 어떤 말도 하고 싶지 않은 심정이었다.

그대로 죽어버리고 싶은 마음뿐이었다.

그래서 신행이 끝나고 나면 시집으로 돌아가서 도망을 쳐버리리
라고 마음을 먹었다.

새색시 첫 친정나들이의 신행이 그렇게 끝난 아침이었다. 시집
으로부터 신부를 태우고 갈 가마가 하인들과 함께 들어왔다.

정임은 가마에 오르면서 어쩌면 어머니와 식구들을 마지막으로
보게 될지도 모른다는 생각에 눈물이 앞을 가렸다.

시집에 도착한 그날 밤이었다.

정임은 그날 아침 신랑이 화를 내고 나갔기 때문에 이미 어떤 것
에 대한 마음에 준비를 하고 있었다.

그런데 생각과는 달리 신랑의 표정은 나긋하고 부드러웠다.

그리고 손을 잡아주면서 말했다.

"이왕에 맺은 부부인연인데 우리 즐겁게 재미있게 삽시다. 당신이 남자를 무서워하는 이유는 알지만 어쩌겠소. 처음에는 다 그런다고 합디다. 우리 더도 말고 한 달에 십일, 이십일, 삼십일, 이렇게 세 번만 몸을 섞읍시다. 나도 남잔데 어쩌겠소. 약속해 주겠소?"

신랑이 사정조로 그렇게 타협을 해오는 데야 더는 어쩔 수가 없었다.

그 말에 대답으로 고개를 까딱해 보였다.

"고맙소. 이제 우리는 부부로 그 약속만은 틀림없이 지키는 거요. 알았소?"

"알았어요."

겨우 들릴 듯 말 듯 대답을 했다.

그런데 그 열흘이 채 못된 어느 날 밤이었다.

어디서 한 잔 술을 마시고 들어온 듯 신랑의 입에서는 술 냄새가 확 풍겼다.

눈빛이 번들거리면서 한 번도 본 일 없는 야릇한 웃음을 입가에 흘렸다. 정임은 몸이 오싹해졌다.

그 순간이었다.

신랑은 마치 야수처럼 몸을 날려 정임을 덮쳤다.

"어어, 약속한 날이."

"좋은 걸 어떡해, 후훗….."

보통 때와는 다르게 신랑의 힘은 마치 성난 파도처럼 철썩거렸다. 꼼짝없이 그 힘에 눌려 마치 강간을 당한 것 같은 정임은 일어나 앉아 신랑을 쏘아보면서 말했다.

"일구이언은 이부지자라고 합디다. 어째 사내대장부가 본인 입으로 내뱉은 약속도 못 지킴서 무슨 큰일을 한대요?"

"허허허…. 그 약속만큼은 누구도 마음대로 안 될 걸, 성인군자라면 몰라도, 후훗, 훗 후……."

입가에 기름기 번들거리는 웃음이 그렇게 징그럽고 보기 싫을 수가 없었다.

그러나 그런 일이 있고부터 신랑은 재미를 붙였는지 종종 밖에서 술을 마시고 들어와 싫다는 짓을 마치 강간하듯이 했다.

그런 밤이면 자연히 엎치락뒤치락 신경전을 벌이게 되면서 아침이면 몸 여기저기 얻어맞은 곳에 푸른 멍이 들어 있었다.

그렇게 당하고 난 다음날은 몸이 파김치처럼 늘어져 꼼짝도 못하고 죽을 것만 같았다.

그 고통 속에 임신이 되었다.

어느 날부터 입덧을 하기 시작했다.

눈치를 챈 시집 어른들은 더 없이 기뻐했다.

하지만 정임은 여간 죽을 맛이 아니었다. 생각 끝에 친정으로 가야겠다고 마음먹고 시어머니에 여쭈었다.

"저…. 아무래도 친정에 가서……."

"그려, 니 맘 편한 대로 하거라."

다음 말은 듣지 않아도 안다는 시어머니의 승낙이었다.

어른들의 허락을 받고 친정으로 돌아왔을 때였다.

누구보다도 기뻐하는 것은 친정어머니였다.

"어이구 내 새끼, 임신을 했다고? 허허허. 참말로 경사났네, 경사났어. 인자 마음을 놓겠구나."

어머니는 이리 뛰고 저리 뛰면서 시도 때도 없이 색다른 음식을 만들어 들고 와서 먹어야 떡두꺼비 같은 아들을 쑥 낳는다고 억지로라도 먹기를 권했다.

그렇게 기뻐하시는 어머니와는 달리 정임은 날이 갈수록 심해져오는 입덧에 뒷방에 앉아 마치 그 생활이 지옥 같다는 생각에 눈물을 찔끔거렸다.

그런 딸의 모습을 가만히 들여다본 어머니가 어느 날 혀를 끌끌 차시면서 말했다.

"엄마 되기가 그리 쉬운지 아냐? 나도 너를 그렇게 아프게 임신하고 낳아서 길렀단다."

"그러니까 독하지, 칫!"

정임은 자신도 모르게 불쑥 그렇게 말해 버렸다.

"쯔쯔쯔…. 저 말하는 거 보게. 언제 철이 들랑가 몰르겠네. 엄마 되기가 그러큼 쉬운지 알았드냐?"

"그러니까 누가 시집보내라고 그랬어? 나는 시집 안 가고 약방 의사 될라고 그랬는디……."

정임의 그 말에 어머니는 어이가 없다는 표정으로 눈을 흘기고 돌아서면서 말했다.

"사람이란 것이 때가 되면 시집 장가를 가서 애도 낳고 기르면서 가정을 꾸려봐야 어른 대접을 받는다는 것이여."

정임은 그처럼 고통스러운 세상, 왜 태어났는지 모르겠다고 긴 한숨을 내쉬었다.

어려서부터 보아온 어른들의 생활 속에 웃음이라곤 마치 번갯불 스치듯 잠시뿐 허위거리는 고통의 연속인 것을 보고 자라왔기 때문이다.

거기에다가 여자가 임신으로 겪는 고통을 자신이 겪으면서 어머니가 되고, 어른이 된다는 것은 더 없는 고통으로 산다는 그 자체에 대한 회의(懷疑)가 싸르르하게 몰려왔다.

결혼은 여자의 무덤이라는 말을 참으로 실감하고 있는 정임이었다. 친정 뒷방 구석에 앉아 해산달을 기다리는 시간은 적막강산으로 눈물 밖에 나오지 않았다.

그런 딸이 안타깝다는 듯이 어머니가 방을 삐쭉 들여다보면서 말했다.

"행복에 초를 치고 앉았는 모양새라니 쯧쯧……. 보면 볼수록 흠 잡을 구석이라곤 없는 신랑, 나 같으면 마주보고 앉아있기도 아깝겠다. 복에 겨워서, 흐흥!"

멍하니 초점 잃고 앉아 있는 모양새가 더 없이 맘에 들지 않는다는 어머니의 말이었다.

입덧이 나고 그렇게 우울하게 친정에서 지내는 동안 제법 배가 불룩하게 불러왔다.

그때쯤은 입덧도 끝났다.

음력 시월이었다.

어머니는 시댁으로 가서 몸을 풀어야 한다고 하면서 서둘렀다. 연락을 받은 시댁에서 가마를 보내왔다.

시집에 당도했을 때였다.

시어머니가 버선발로 뛰어나오면서 반겼다.

"춥다 어서 방으로 들어가자."

그 뒤를 따라 들어오는 두 형님들의 얼굴이 환한 웃음을 머금고 말했다.

"추운데 오느라고 수고했네. 배가 제법 불렀네 그랴."

시집 식구들은 모두가 다들 반가워했다.

특히 시어머니는 자상하게 아이가 태어났을 때 준비해야 하는 것들을 이것저것 촘촘히 일러주면서 전과는 다른 웃음을 보내오곤 했다.

시집으로 돌아오고 달포 쯤 되었을 때였다.

섣달 그믐이 내일 모레로 고부끼리 앉아 떡가래를 만들고 있을 때였다.

태아가 세상에 나오려는 몸짓으로 내려앉는다더니 그랬다.

더 없이 힘이 들었다.

그런 조짐은 마침내 1947년 음력 정월 8일 밤 12시, 태아는 만고에 울음을 터뜨리고 세상 밖으로 고개를 내밀었다.

 딸이었다. 하지만 시집 식구들은 산모가 무사히 해산을 했다는 것만으로도 다행이라는 듯 위로해 주었다.

 그러나 진통을 겪으면서 정임은 다시는 애를 갖고 싶지 않다는 생각뿐이었다. 특히 입이 짧은 정임은 해산의 고통을 겪고 먹지를 못해 젖이 돌지 않았다.

 아이는 배가 고파 밤낮없이 보채고 울어댔다.

 정임은 미쳐 버릴 것만 같았다.

 그 때는 옆에 있는 신랑마저도 보기가 싫어졌다. 그래서 본 듯 만 듯 다정한 눈길 한 번도 주지 않았다.

 그런 이유 때문인지는 모르겠지만 남편은 언젠가부터 밖으로 나가 돌면서 집에 들어오는 걸음이 점점 뜸해지기 시작했다.

 그리고 아이가 첫돌이 지났을 때쯤이었다.

 그날 밤도 정임은 아무것도 아닌 것을 가지고 신랑과 입씨름을 하고 막 잠자리에 들려고 할 때였다.

 방문 밖에서 시끄러운 발자국 소리가 들려오는가 싶더니 잠시 후 방문이 열리면서 형사들이 들이닥쳤다.

 그리고 당황하고 있는 신랑을 붙잡아 일으켜 세우고는 그대로 대문을 나갔다.

 무슨 영문인지 도무지 알 수가 없었다.

 정임은 시어머니에게로 달려갔다.

 그리고 그 정황을 말씀 드렸을 때였다.

 당연히 놀래고 당황할 줄 알았던 시어머니는 어쩌면 올 것이 왔다는 듯이 긴 한숨을 내쉬면서 말했다.

"내 그럴 줄 알았다. 뒤죽박죽인 세상 지가 나선다고 조용해질 것도 아닌데……."

시어머니는 먼 산을 쳐다보며 혼자 중얼거리듯이 말했다.

뜬 눈으로 날을 밝혔다.

아침이었다.

시어머니는 큰아주버니와 무슨 말인가를 주고 받더니 밥을 싸들고 지서를 다녀오겠다며 나갔다가 얼마만에 들어왔다.

얼굴 표정이 더없이 창백해져 있었다.

정임은 무슨 일 때문에 남편이 형사들에게 잡혀간 것인지 도무지 궁금해서 견딜 수가 없었다.

시어머니의 안색을 조심스럽게 살피면서 물었다.

"도대체 애비가 밖에서 무슨 잘못을 했대요?"

"망할 놈의 세상, 해방이 돼서 좋아라고 했더니 또 지랄들이 났지 뭐냐."

도무지 무슨 말인지 이해할 수가 없었다.

다시 되물었다.

"지랄이 났다니요?"

그런데 다음 시어머니의 말이 정신을 아찔하게 만들었다.

"공산주의가 뭣하는 것인지 삼일 있으면 본서로 넘긴단다. 빨갱이라고."

그 말을 하는 시어머니 눈에는 어느새 눈물이 그렁하게 차올랐다. 기가 딱 막혔다.

밖으로 돌더니 그랬었구나…. 생각이 거기에 미치면서 정임은 말문이 막혀 아무 말도 할 수가 없었다.

그러나 정신을 차려야 했다.

그 사실을 알아내기 위해 동네로 나갔다.

밤사이 일어난 소문은 벌써 동네에 퍼진 듯 바라보는 눈빛들이 서로를 조심스럽게 대하면서 말을 아꼈다.

그러나 여기저기서 밤사이 그 동네에서 세 명이 들이닥친 형사들에게 잡혀 갔다며 쑤근덕거렸다.

그 말을 듣고 지서로 달음질했을 때였다.

동네 옥동이 어머니가 지난 밤에 남편이 잡혀갔다면서 밥보따리를 싸들고 와 면회를 대기하고 있었다.

정임은 옆으로 다가서며 조심스럽게 물었다.

"도대체 무슨 죄로 한밤중에 잡아갔대요?"

"빨갱이가 무엇인지 큰 죄인이래요. 며칠 전 샛면 지서를 불질렀다는가 봐요. 본서로 넘어가면 고문이 심해서 더러 죽는 사람도 있다는디 이 일을 어쩌면 쓰까 모르겠네요."

힘없이 그 말을 하는 옥동이 어머니는 지긋하게 입술을 깨물면서 눈시울을 붉혔다.

참으로 그 같은 일을 남편이 밖에서 저지르고 다니는데도 전혀 모르고 있었다니, 정임은 자신의 무관심을 뒤늦게 후회하고 미안해 하면서 집으로 돌아왔다.

신랑이 붙잡혀가고 삼일째 되는 날 아침이었다.

도시락을 싸가지고 지서를 찾아갔을 때였다.

형사가 말했다.

"본서로 넘어갔습니다."

그리고 덧붙여 참고를 하라는 듯이 일러주었다.

"본서에 있을 때 손을 써야지 일주일이 지나면 장흥재판서로 넘어가게 될 겁니다. 재판에 넘어가면 변호사도 사야 되고 돈이 더 많이 들게 되겠지요."

은근히 귀띔해 주는 형사에게 고맙다는 인사를 하고 그 길로 친정집으로 달려가 아버지에게 자초지종을 털어놨다.

"그 참…. 어쩌다가 그런 일을…. 그래도 손을 써 봐야지 어쩌겠냐. 그 참…."

아버지는 얼른 어떤 대책이 서지 않는지 한숨만 내쉬었다.

다시 집으로 돌아왔을 때였다.

넋을 놓고 앉아 계시던 시어머니가 들어서는 며느리를 보자 울음을 터트리면서 말했다.

"이 일을 어쩐 좋으냐. 사람들이 그러는디 본서로 넘어가믄 모진 고문에 병신이 되든가, 죽든가 한다는디…."

시어머니의 흐느낌에 정임은 잠시 할 말을 잃고 멍해졌다. 그러다가 혼자 중얼거리듯이 말했다.

"누구 못할 일을 시킬라고 빨갱이가 되었는고……."

그때였다.

언제 들어왔는지 큰 시아주버니가 옆에서 그 말을 들으셨던지 어지러운 시국을 말했다.

"그건 지금 해방정국이 어떻게 돌아가는지 모르니까 하는 소리요. 어떻게 맞은 해방인데 미군정을 등에 업은 무리들이 자신의 영달만을 위해 나라꼴이야 어찌 되어가던 권좌에만 눈이 어두워들 가꼬 하는 꼬락서니들이라니. 그래 남한만의 단독정부를 세운다고? 흐흥! …. 시방 여그 저그서 그걸 반대하고 나서는 거요. 그래 민족 통일 운운하는 독립 운동가들은 암살을 시켜 버리고, 또 공산당 빨갱이로 몰아 잡아가두고 지랄들이니…. 이놈의 나라 백성이 또 어느 나라 노예로 끄달려 살지 걱정이 태산이요. 양반네들 당파 싸움에 죄 없는 백성들만 피눈물 흘리게 했던 일이 엊그제 같은데……."

당시 해방정국은 그처럼 어수선했다.

해방 초기 미국서 돌아온 이승만도 처음에는 미군정 정책을 별로 반가워하지 않았음을 보여주었다.

그러나 이미 미군정에 접착하고 그 정책에 무조건 찬성하고 휩싸여 돌아가는 무리들의 기득권에 실려 앞으로 나서고 있음을 보여 주었다.

그것은 어쩌면 통합을 위한 어쩔 수 없는 방법이랄 수도 있었지만, 어쨌거나 그의 입장에서는 그들을 포용해야만이 자리 구축을 할 수가 있었던 입지에 있었다.

처음 미군정은 국민들의 지지가 김구에게 쏠려 있음을 파악하고

김구를 이승만과 함께 끌어들이려 했던 것도 사실이다. 그러나 거
기에 응하지 않은 김구선생이었다.

그래서 미군정은 김구를 더욱 견제했고, 이승만은 거기에 실려
대부(代父)로 추대를 받으면서 해방정국의 기득권을 쥘 수 있게
된 것이었다.

그러니까 해방이 되었지만 정부 자격으로 귀국할 수 없었던 김
구를 비롯한 임시정부 요인들은 귀국이 늦어질 수밖에 없었다.
8.15 해방이 되고 뒤늦은 11월 5일 이승만은 임시정부 요인들이 들
어온다는 것을 발표했다.

하지만 귀국과정에서 정부로 승인하지 않겠다는 미군정에 의해
임시정부 주석 김구선생을 비롯한 요인들은 개인자격으로 환국할
수밖에 없는 수모를 겪어야만 했다.

하지만 우리 국민이 그처럼 강대국의 힘을 빌린 해방이었다고
하더라도 그것은 어찌 되었거나 포악한 일제로부터 벗어나게 된
우리 민족의 새로운 탄생이었고 부활이었다.

그런 해방공간에서 우리 국민들의 염원은 36년간이라는 긴 세월
동안 이민족으로부터의 굴욕에서 벗어나 당당한 주권국가로서 국
제 사회의 일원이 되는 것이었다.

그런데 그러한 해방의 기쁨도 잠시 이민족으로부터 또 다시 국
정에 대한 간섭을 받아야만 했다.

여기에 접착력 좋은 혈통들이 출세 길을 열기 위해 날뛰면서 분
열이 시작되고 있었다. 진정으로 국가의 백년대계를 생각하는 애

국자들은 적었고, 일신의 영달만을 꿈꾸는 기회주의자들이 기득권을 갖기 위해서 온갖 술수와 음해, 그리고 테러까지도 일삼고 있었던 것이다.

그러나 유리한 쪽은 언제나 술수에 능한 자들이었다. 그들은 이미 그러한 쪽으로 기술이 잘 연마되어 있는 친일파이거나 영어를 잘 구사할 줄 아는 해외 유학파로 미군정에 의해 자신의 출세를 기대해 볼 수 있었던 것이다.

그러한 흐름에 밀려난 것은 안타깝게도 민족해방을 위해 그토록 목숨을 내걸고 싸워 온 독립투사들이었다.

그들은 당연히 남한만의 단독 정부를 반대할 수밖에 없었다. 그런 그들을 제거하는 명분의 구실이 해방 정국에서 공산주의 '빨갱이'라는 색깔론이었다.

그 덫을 씌워 형장에서 사라져 간 독립투사들의 눈물이 국민들의 슬픔으로 곳곳에서 의식 있는 자들의 울분을 자아내게 하면서 그 불꽃은 마침내 전국으로 번져가고 있었다.

민족 분단의 비극

얼마나 기다려 온 조국 해방이던가.

그런 해방공간에서 민중의 항거 이유는 그랬다.

먼저는 통일정부 수립 기대에 대한 좌절에서 온 것이기도 했지만, 미군정의 공장 접수, 그리고 만연하는 실업난과 물가고. 또한 해방을 맞아 고국으로 돌아오는 귀환동포들에 대한 무대책 등이 민중들에게 좌절감과 분노를 안겨준 것이었다.

그리고 또 다른 실망은 일제 치하에서 친일하던 인사들이 북쪽과는 달리 처벌되기는커녕, 그야말로 당당하게 재건되는 정부에 재등장하여 활개를 치게 방조하는 것도 불만이었고, 토지개혁의 지연 등에다 일제의 공출이나 다름없는 미군정의 하곡과 추곡에 대한 강제 매입으로 거기에 따른 극심한 식량난이었다.

그래서 농민들이 곳곳에서 들고 일어난 민중항쟁은 소련 공산주의 좌익의 움직임에 합세한 것이 아니라 부당한 소작제도에 반대하는 추수 투쟁과 결합하면서 전국적으로 농민봉기를 불붙이게 한 계기가 되었다.

이렇게 시작된 대구 민중 10월 항쟁은 그 전개되는 3개월 동안 많은 사상자와 국가는 물론 국민재산상에 엄청난 피해를 가져온 것은 말할 것도 없었다.

이때의 대구 10월 항쟁에 3백만 명이 참가하여 3백여 명이 사망했으며, 3천 6백여 명이 행방불명됐고, 부상자가 2만 6천여 명이었으며, 그리고 체포된 자가 1만 5천여 명에 달했다.

이때 체포된 사람들의 가옥은 무참하게 파괴되거나 약탈당하기도 했다.

그런가 하면 붙잡혀 경찰서로 끌려간 사람들은 병신이 되어 나올 정도로 혹독한 고문을 당했으며, 은닉하다가 체포된 사람들은 다 수용할 수가 없을 정도여서 정부는 곳곳에 임시 수용소를 설치할 정도였다.

그처럼 어수선한 시국에 정임의 신랑 창조 역시도 그 분노의 대열에 뛰어들어 합세한 것이었다.

그러나 집안일에만 매달려 사는 농촌 아낙들이 해방공간에서 일어났던 민중항쟁의 의거를 낱낱이 듣고 이해하기란 쉽지 않았다.

공산주의가 무엇인지도 모르는 채, 다만 빨갱이는 나라에서 다스리는 중죄인으로 취급 받는다는 것만은 알고 있었다.

어쨌거나 나라에서 중죄인으로 다스리는 빨갱이가 된 창조는 정

임이 자신이 냉대하여 밖으로 나돌게 되면서 그 나쁜 무리 속에 합
세하게 된 것이라고 스스로를 자책하게 만들었다.

그 자괴감이 정임으로 하여금 신랑 구명에 나서야 한다고 다짐
하게 하였다.

정임은 앞뒤로 뛰기 시작했다.

물질 세상에서 어느 시대고 사람을 살려내는 데는 물질, 바로 돈
이 그만한 몫을 하게 마련이다.

구명을 위해 준비되어야 하는 돈은 자그마치 오만 원으로 당시
농촌 생활에서 엄두도 낼 수 없는 엄청난 돈이었다. 하지만 그 돈
이면 신랑을 살려낼 수 있다는 희망에 정임은 친정아버지에게 달
려가 의논했다.

사위도 자식과 다를 것이 없는 것이 부모의 마음일 것이다. 그
자식을 살려만 낼 수 있다면 자신의 목숨까지도 내놓을 수 있는 것
이 한결 같은 부모의 마음이다.

다급해진 아버지는 돈을 마련하기 위해 몇 마지기 남아 있는 전
답을 급하게 헐값에 내놓으면서 식구들을 불러 앉혀 놓고 말했다.

"옛말에 부모는 내 머리요, 자식은 내 몸이고, 형제는 내 몸의 지
체라고 했다. 내 몸의 한 지체가 고통을 받고 죽어가고 있다는데
무엇인들 아깝겠느냐. 느그들도 그리 알고 전답을 내놓는 데 이유
없기를 바란다. 몸만 성하믄 무슨 일인들 해서 못 먹고 살겠냐. 그
리 알고……."

친정아버지는 전답을 처분하는 데 불만 없기를 바란다는 말을

하고는 긴 한숨을 내쉬었다.

마침내 내놓은 전답은 헐값으로 팔려 나갔고, 그 돈으로 창조의 구명 운동에 나섰다.

그야말로 자식이나 마찬가지인 사위만 살려 낼 수 있다면 그 모든 것을 감내하며 희생할 수 있다는 부모님의 애끊는 눈물은 마침내 사위 창조를 6개월의 구형언도를 받게 하여 목포형무소로 넘어가도록 손을 써서 살려냈다.

남편의 구명운동으로 친정 살림살이는 그야말로 빛 좋은 개살구나 마찬가지로 되고 말았다.

하루 아침에 기울어진 가세(家勢)에 고단한 것은 식솔들이었다. 살아남기 위해서는 남의 집 삯품앗이마저도 해야 했다.

그래서 정임은 밤이면 아이를 재워놓고 동네 애경사(哀慶事)에 필요한 옷을 지어 주고 삯품을 받았고, 낮이면 호미를 들고 매일같이 밭으로 집으로 반복되는 생활에 찌들어 버렸다.

정임은 살아있다는 이름뿐 죽은 목숨이나 매한가지였다.

아침에 눈을 뜨면 밭에 나가 일을 하고 집으로 돌아오는 걸음은 그토록 한낮을 불태운 석양의 낙조가 더욱 서러워지면서 저절로 입에서 흘러나오는 신세 한탄이 서러운 가락으로 흐느적거렸다.

"아이고~ 어매, 어매, 우리 어매~. 어쩌다가 나를 낳았는고~ 죽자니 청춘이요, 살자니 고생이네~. 서러운 이 내 신세 뉘라서 알아 줄꼬~."

몸은 고달프고 마음은 서러움으로 출렁거리면서 두 볼에 흘러 내리는 눈물을 오는 길, 가는 길에 그 얼마나 뿌렸던가.

그러한 생활로 일관되던 1949년 9월 중순, 마침내 신랑 창조는 머리를 빡빡 깎인 모습으로 6개월의 형을 마치고 식구들 앞에 모습을 나타냈다.

그야말로 친정아버지가 장만한 전답을 팔아넘기고 그 대가로 살아난 신랑이었다.

그렇게 가까스로 목숨을 지탱할 수 있었던 신랑 창조는 돌아와 식구들 앞에서 기를 펴지 못했고, 특히 색시인 정임의 앞에서는 더더욱 그랬다.

창조는 정임에게 어깨를 축 늘어뜨리고 참으로 미안하다는 듯이 말을 건네 왔다.

"당신한테 고생을 시켜서 할 말이 없는 나요. 이 담에 좋은 세상 오면 두고두고 그 말 이르고 삽시다."

민망해 하는 신랑의 말이었다.

거기에 대답은 입 밖으로 새어 나가는 한숨뿐이었다.

그러나 가슴 속에서는 신랑을 향한 원망의 말들이 꿈틀대고 부글거렸지만, 정임은 그것도 하늘이 맺어준 인연이라고 마음을 달래면서 참아냈다.

그런데 창조가 집으로 돌아온 그 일주일쯤 되었을 때였다.

목포형무소 폭동 화재 사건이 일어났다. 거기에 수감된 자들은 대체적으로 농민의거 운동에 가담했던 사람들이거나 남한만의 단독정부 수립에 반대했던 사람들이었다.

그들을 수감하고 있는 목포형무소에 폭동이 일어나면서 수감자 300명이 탈옥한 사건이 발생한 것이다.

그 사건으로 주목되는 인물이 바로 그 의거항쟁 명단에 이름이 올려져 있는 자들이었다.

거기에 빠질 수 없는 신랑 창조였다.

혹시나 이상한 은닉자가 없는가 하고 매일같이 형사들이 집으로 드나들면서 가택조사를 해갔고, 그때마다 창조는 말할 것도 없고 가솔들까지도 마치 죄인 은닉자 취급을 하듯 심문하기도 했다.

정임은 그렇게 죄인 취급을 당하는 신랑이 더없이 측은해졌다. 그처럼 주눅이 들어있는 신랑 창조는 그 당시 시국문제가 되고 있는 민중항쟁 의식만 빼놓고는 어느 구석 하나 나무랄 데가 없는 사람이었다.

그런데 시국을 잘못 만나 형사들로부터 달구질을 당하면서 마치 죄인처럼 두 어깨를 늘어뜨리고 있는 창조였다.

순간 그런 모습이 정임에게는 지난날과는 달리 측은하게 느껴져 왔다.

정임은 남편 창조에게 조그만 위로라도 안겨주고 싶었다.

그것이 아내로서 유일하게 해줄 수 있는 부부 잠자리였다. 정임은 적극적으로 그리고 진심어린 애정을 갖고 신랑과의 잠자리에 임했다.

그런데 그 일이 빈번하다 보니 입덧을 하기 시작했다. 그렇다고 예전처럼 훌쩍 친정으로 가서 지낸다고 할 수도 없었다.

세상 모르는 딸아이와 시대적인 어둠을 살아 마시며 죽은 목숨으로 살아가는 신랑을 두고 자신만을 위한 몸짓을 할 수가 없었기 때문이다.

어떻든 신랑이 살아 돌아온 것만으로도 고마운 현실이었다.

그래서 정임은 신랑 창조의 마음을 가정에 붙들어 보려고 나름대로 최선을 다했다.

하지만 어찌된 일인지 신랑은 곧장 멍하니 앉아 무슨 생각을 하는지 허공을 쳐다보며 한숨을 짓기도 했다. 도대체 삶의 의욕이란 전혀 없는 사람같아 보였다.

그런 신랑이 더없이 야속하게 느껴졌다.

어느 날 밤 정임은 창조에게 볼묵은 소리를 해댔다.

"아직도 배가 부른가 보구랴. 꿈속을 헤매는 것마냥 맹하게 앉아가꼬 무슨 생각을 그리 하는지 내 원……."

그 말에 창조는 힘없이 두 어깨를 늘어뜨리고 말했다.

"세상이 총소리만 안 들리는 난리굿판이구만, 무슨 꿈속은…."

그러나 정임은 신랑이 말한 그 난리굿판이 무엇을 뜻하는 말인지 알지 못했다.

다음 말을 채근하듯이 볼묵은 소리를 했다.

"그래서 그 굿판에 또 뛰어들겠다는 거유? 그땐 우리 식구들 다 죽는지나 아슈, 흐흥!"

"심란해 죽겠구만, 당신은 가만히 좀 있으라구. 때가 되면 알게 될 것이니께. 시국이 어찌 돌아가는지도 모르고 앉아서는 내

원……."

창조가 말하는 당시의 시국은 남북 분단이 이미 기정사실화 되어가고 있었다.

남과 북으로 대립된 상태에서 체제를 달리하는 정권이 이미 들어서 버렸기 때문이다.

"그려유. 나는 우물 안에 개구리가 돼서 그래유."

정임의 비꼬는 말대답이 팽하고 날아갔다.

창조는 그런 아내를 나무랄 생각은 없다는 듯이 알 수 없는 말을 던지고 밖으로 나가 버렸다.

"시국이 어떻게 돌아가는지 때가 되면 알게 되겠지……."

그 시국 정세를 농촌에 파묻혀 사는 시골 아낙이 알 리가 없었다. 창조가 말하는 당시의 시국은 그랬다.

미·소공동위원회의 결렬과 동시에 한반도문제는 유엔으로 이관되었기 때문에 분단 상황은 이제 고착화 되어가고 있었다.

그것이 해방공간에서 일어났던 일이다. 그처럼 오래도록 주권을 잃어버렸던 나라를 다시 찾은 마당에 남과 북으로 갈라져서 반쪽 정권을 세워서는 안 된다는 것이 백범 김구선생과, 김규식선생의 강력한 주장이었다.

남북 협상을 서두르는 김구선생은 이북의 김일성과 김두봉에게 남북 요인회담을 제의하는 서신을 보내는 한편, 유엔 한국위원단에 남북협상 방안을 제시했었다.

　그리고 어떠한 경우에도 완전한 통일국가 건설을 해야 한다는
것이 김구선생의 주장이었다.

　그리고 1948년 2월 10일, '삼천만 동포에게 읍 고함' 이라는 성명
서를 발표했었다.

　성명서 내용은 다음과 같았다.

　"나는 통일된 조국을 건설하려다가 38선을 베고 쓰러질지언정
일신의 구차한 안일을 취하여 단독정부를 세우는 데는 협력하지
않겠다."

　그 성명서를 발표하고 백범 김구선생은 남북협상길에 올랐다.
그것이 해방공간에서 통일정부 수립을 위한 김구선생의 마지막
몸부림이었다. 그러나 그러한 김구선생의 몸짓을 남한만의 단독
정부를 세우려는 데 협조하고 있는 무리들이 곱게 보아 줄 리가 없
었다. 드디어 미군정청이 김구선생 일행이 남북협상길에 오르는
것을 막아 보려고 반대하고 나섰다.

　그와 동시에 이승만을 지지하고 있는 청년단체, 학생, 그리고 월
남에서 돌아온 인사들로 구성된 단체와 기독교 단체들까지도 모
두 반대하고 나섰다.

　그러나 일반 국민들은 미군정을 업고 남한만의 단독정부 수립으
로 치달리는 정국에 반발하고 나선 것이다. 국민들 역시도 남북이
분단되는 것을 당연히 원하지 않았기 때문이다.

　우리 국민들은 봉건주의체제에서 곧바로 식민지체제를 겪었기
때문에 민족자주 통일국가 건설을 기대했고, 그것이 실망으로 돌

아왔을 때 더욱 분노했던 것이다.

그야말로 혹독한 일제의 치욕을 견뎌내며 그토록 기다려 온 조국광복이었는데 남한만의 단독정부 수립이라니. 거기에 반대하는 국민감정은 복합적으로 정국이 만들어내는 여러 가지 불만요소에 민중항쟁의 불씨가 되어 번진 것이었다.

그와 같은 국민감정을 잠재우기 위해서는 그 선봉에 국민들의 지지를 받고 있는 싹을 잘라야 한다고 생각한 것이 해방 공간에서 일어난 백범 김구선생의 암살사건이었다.

그로 하여 국민감정은 더욱 분노했다. 대구 폭동이라는 것이 그랬고, 그로 하여 제주 4.3사건과 여수 제14연대 반란이 불붙기 시작한 여순 민중봉기가 남한만의 단독선거에 따른 단독정부 수립이 추진되면서 민중봉기는 각지에서 들고 일어나기 시작했던 것이다.

그러니까 1946년 10월 1일 대구 폭동이 일어나기 전, 그 해 9월에도 조선노동전국평의회(전평)의 주도로 전개된 전국적 규모의 총파업이 번지기 시작했다.

이때 일어났던 총파업은 미군정의 탄압에 직면한 좌익세력이 기존의 미군정에 대한 태도를 전면적으로 수정한다는 의미를 지닌 것이기도 했다. 그래서 선전술의 일환으로 파업을 전개하고 나선 것이다.

이때의 파업은 9월 24일 서울을 비롯한 전 철도종업원 1만 명이 쌀 배급, 임금인상, 해고반대, 노동운동자유, 민주인사 석방요구

등을 외치면서 본격적으로 전개되었다.

그리고 9월 25일에는 출판노조 1천 3백여 명과 대구 우편국 종업원 4백여 명, 27일에는 서울 중앙우체국 6백여 명, 중앙전화국 1천여 명이 파업에 들어가는 사태가 벌어졌다.

이에 미군정은 당황하기 시작했다.

경찰과 우익단체, 그리고 대한노총을 동원하여 파업본부를 진압해 들어갔다. 여기에서 끝까지 항거하는 노동자 1천 2백여 명을 검거했다.

그 후 전평이 제시한 요구 조건을 대한 노총이 다시 제안했을 때 미군정은 이를 수락함으로써 9월 총파업은 일단락되었다.

그러나 전국 각지로 번져 나가기 시작한 미군정에 대한 불만의 불씨는 각지로 번져 파업이 잇따랐고, 마침내 10월 1일 대구 민중항쟁의 폭동이 그처럼 일어났던 것이다.

이때의 충돌은 양측이 모두 다 많은 피해를 낸 사건이었다. 군중들은 충돌에서 사망한 시체를 떠메고 시위를 벌리기 시작하면서 대구 민중봉기는 극으로 치달았다.

시위 군중들은 대구경찰서를 장악한 후 무기를 탈취하고 시내 대부분의 파출소를 점령했다.

10월 2일 하오 6시경, 대구 시내는 계엄령이 선포되면서 전차 4대를 앞세우고 들어온 미군정의 출동으로 대구시를 포함한 각 지서, 파출소는 다시 원상을 회복했다.

그러나 잇따르는 격렬한 시위는 미군정에 대항하면서 성주, 고령, 영천, 경산 등지로 번져 나갔고, 마침내는 경남, 전남, 전북, 강원 등 전국적으로 확산되기 시작했다.

이렇게 처음 대구 폭동의 원인은 전평의 지휘 하에 이루어졌었다. 그러나 이후 일반 대중들이 들고 일어났던 민중봉기로 그것은 이미 전평의 통제를 떠난 민중들의 불만이 터져서 나온 민중항쟁이었다.

물론 처음에는 전평 등, 좌익의 조종이 있었던 것도 사실이다. 하지만 민중이 목숨을 걸고 들고 일어설 수 있었던 것은 해방 이후 재건 정부에 대한 실망 때문이었다.

그래서 일어난 민중항쟁의 불씨는 꺼지지 않고 계속 이어지고 있었다.

그러니까 1946년 대구 폭동에 이어 1947년 미군정과 지방정치세력간의 충돌이 3.1절 기념행사장에서 또 다시 일어났던 것이다.

당시 중앙에서도 마찬가지였다.

좌우익이 각기 남산과 서울운동장에서 충돌을 일으키는 사건이 있었고, 제주도에서는 좌익계의 민주주의 민족전선이 기념식을 주도하여 오현중학교에서 2천여 명이 참석하는 기념회를 가졌다.

그런데 집회가 끝나고 시가행진을 할 때였다. 관덕정으로 집결하는 과정에서 경찰에 의한 발포사건이 발생하면서 6명이 사망했다. 이로부터 미군정 경찰과 제주도의 지방정치 세력간에는 적대적인 불씨가 만들어지기 시작했다.

일반인들도 미군정에 대한 불신과 분노를 표출하기 시작했다.

제주도민들은 미군정 경찰의 무차별 발포에 항의하면서 제주도 총파업 투쟁위원회를 결성했다. 그리고 전격적으로 파업을 결행했다.

여기에 제주도 군청 관리들이 75%나 참여하면서 민중봉기는 본격화되기에 이르렀다. 그러니까 미군정 초기부터 이어져 온 제주의 인민위원회 및 대중들과 경찰, 우익단체간의 갈등은 마침내 무장봉기로 폭발한 것이다.

제주도민들이 들고 일어난 민중봉기의 요구 조건은 이랬다.

1. 미군 즉시 철수
2. 망국적인 단독선거 절대 반대
3. 투옥중인 애국지사 즉시 석방
4. 유엔 한국임시위원단 철수
5. 이승만 매국도당 타도
6. 경찰대와 테러집단 즉시 철수

그리고 한국통일 독립만세 등의 슬로건을 내걸고 유격대가 조직되면서 경찰과 충돌하는 유격전이 벌어지기 시작했다.

제주도의 봄, 유채꽃이 흐드러지게 피어 있는 4월 3일 새벽 2시, 새벽 공기를 뚫고 한 발의 총성이 울리는 것을 신호로 한라산 주위의 여러 봉우리에서 일제히 봉화가 올려졌다. 봉화를 신호로 산중에 집결해 있던 약 3천여 명의 유격대들은 도내 20여개의 경찰지서 가운데 10개 지서를 일제히 기습 공격했다.

이어서 유격대들은 화북, 조전, 삼양, 세화, 성단, 남원, 한림, 애월 등 지서를 습격하고 문상길 등은 트럭 3대의 경비대 병력으로 제주경찰, 검찰청 등을 습격했다.

이러한 사태에서도 미군정 당국은 끝내 제주도민들의 요구를 묵살했다. 그리고 군정경찰을 대폭 추가 파견시켰다. 뿐만 아니라 극우단체인 서북청년단을 일으켜 도민을 탄압하기 시작했다. 이윽고 이러한 미군정의 억압정책은 제주도민들의 격렬한 분노를 자아내게 했다.

당시 중도적인 입장을 취해 오던 도민들마저도 반미군정 성향으로 돌아서게 했다.

마침내 미군정 당국은 4월 5일 제주도 지방경비사령부를 설치하고 통행증명제를 실시하는 한편, 4월 10일에는 5연대의 7개 대대를 제9 연대에 증파 배속시키고 대대적인 토벌작전을 실시했다. 여기에서 쌍방간에 많은 희생자를 낼 수밖에 없게 되었다.

이러한 상황에서 제 9연대장 김익렬 소령과 유격대 대표 김달삼 사이에 협상을 위한 회담을 가졌다.

김달삼은 4개 요구 조건을 제시했다.

1. 단독선거, 단독정부 수립반대
2. 경찰의 완전 무장해제, 경찰 토벌대의 즉시 철수
3. 반동테러단체의 즉시 해산, 서북청년회의 즉시 철수
4. 피검자의 즉시 석방, 부당한 검거, 투옥, 학살 즉시 중지

이러한 제안은 회담 결과 양자간에 일정한 타협이 이루어져 결국 유격대는 무장해제에 동의함과 동시에 4월 30일 이를 실시하고

자 했다.

그러나 안타깝게도 당시 경무부장 조병옥의 지시로 경찰에 의한 기습 공격이 감행되었다.

이로써 회담의 성과는 무산되면서 격렬해진 유격대와 미군정 경찰 간에 치열한 충돌이 다시 이어졌다.

당국은 10월 8일, 도 전역에 계엄령을 선포했다. 그리고 11일에는 제주도에 경비사령부를 설치했다. 본격적인 토벌작전에 들어간 것이다. 거기에 유격대는 사생결단으로 대응할 수밖에 없게 된 것이다.

그러나 유격대는 지리적 고립과 병력 및 보급품 조달 중단 등으로 점차적으로 기력을 잃어가기 시작했다.

그러면서 1949년 중반 무렵 유격대는 토벌군에 의해서 거의 소멸되고 말았다.

이 사건으로 제주도민은 1948년 5월 10일의 총선도 치르지 못했다.

이때 토벌대 측의 발표는 사상 약 8천명, 포로 약 7천명, 귀순 약 2천여 명, 군경 전사 209명, 부상 142명, 이재민 8만 명, 민간사상자 3만이라는 집계를 냈다.

이 사건으로 10만여 명이 살상되면서 제주도에는 그 후, 연약한 부녀자를 제외한 장정들을 전혀 구경할 수가 없을 정도였다고 한다.

이렇게 국가폭력에 의한 무차별한 토벌은 같은 동족끼리 서로

총부리를 겨누어 죽이게 하는 민족적 비극으로 해방 정국에서 계속적으로 이어지면서 제주도 4.3사건은 여순사건을 일어나게 한 계기가 되고 말았다.

당국은 본격적인 유격대 토벌을 돕기 위해 여수에 주둔해 있던 제14연대를 제주도로 투입하려 했던 것이다.

제14연대 창설은 단독정부, 단독선거 반대투쟁이 절정을 이루던 1948년 5월 초 광주의 4연대 1개 대대를 기간으로 하는 14연대가 여수에서 창설되어 신월동에 주둔하고 있었다.

국방경비대는 미군정하에 수립된 정책이 반영된 결과로 1946년 1월 15일 제1연대 창설로 만들어졌다.

미군정에서 국방경비대를 창설하면서 특별한 사상 검열이 없이 '불편부당, 정치적 중립'을 내세우며 국방경비대원들을 모집했었다.

이렇게 특별한 제한이 없었던 관계로 국방경비대에는 다양한 세력들이 참여할 수 있었다.

그래서 일제 때 일본군, 만주군, 중국군 등에서 군대 경력을 쌓았던 세력들이 참여하였고, 미군이 상륙하기 전 사설 군사단체를 조직하고 활동하던 세력들이 사설 군사단체를 해산하는 미군정책에 의해 국방경비대에 참여하거나 다른 부문에서 활동하게 되었다.

이처럼 국방경비대는 창설될 때부터 향토연대로 편성되었다. 미군정에서는 국방경비대 창설 계획인 '뱀부계획'(Bamboo Plan)안을 작성하여 도에 1개 연대씩 편성하게 했다.

이렇게 다양한 색체들이 모인 국방경비대와 향토연대는 국가가 수립되면 만들어질 '군대의 주역' 이라는 의식이 국방경비대의 특성이었다.

하지만 당시 민중들로부터 일제시대 종사해 온 친일 집단으로 지탄받고 있었던 경찰들로부터 '국방경비대는 빨갱이 소굴' 이라는 비난을 받기도 했다.

이러한 서로간의 갈등과 대립으로 경찰은 마침내 미군정에 국방경비대를 비방하는 보고를 제출하면서 국방경비대와 경찰은 극한 대립을 하고 있었다.

그런데 4월 3일 제주도에서 일어난 정부 단선단정에 반대하는 무장 봉기가 일어난 것이다.

제주항쟁 초기에는 각도에서 차출한 경찰 동원만으로 진압작전에 나섰다.

하지만 경찰의 힘만으로 어려워지자 국방경비대를 진압작전에 동원하면서 국방경비대는 유격대 토벌작전을 전개하게 했고, 경찰은 해안 부근의 마을 치안을 담당하게 하였다.

국방경비대가 유격대 토벌을 하고 있을 때였다.

제주도 모슬포 부근에서 작전 지휘를 하고 있던 제9연대장 박진경이 암살당하는 사건이 발생했다.

이 사건은 동족을 살상하는 작전에 반대하는 일부 국방경비대원들의 저항이었다.

이 사건을 계기로 전군 차원의 사상검열이 시작되었다.

이로써 대한민국 정부의 수립 이전부터 진행되었던 숙군의 합법성이 부여되는 계기가 되면서 이전보다 강력하고 조직적인 숙군이 전개되었다.

이러한 숙군의 여파는 제14연대를 분파 창설하게 했던 광주의 제4연대까지 미쳤고, 제4연대의 숙군은 제14연대에까지 그 파문을 가져오게 했다.

이때 제4연대 출신으로 제14연대 창설요원이던 이등중사 김영만이 체포되었다.

그는 제14연대 남로당 세포 조직 제14연대 독립대책이며 재정책을 맡고 있었다.

제14연대 남로당 조직에서는 김영만의 체포 계획을 사전에 알고 있었지만, 김영만을 도피시킨다면 그에 따른 조직수사가 확대될 것을 우려하여 조직을 지켜내기 위하여 그 한 사람이 체포당하게 하기로 결정하였다고 한다.

이러한 숙군의 여파로 제14연대 남로당 조직의 위기감이 조여지고 있을 때 제주도 파병문제가 대두된 것이다.

그 해 10월 초순부터 시작되는 시가전 훈련과 무기 교체가 급속하게 이루어지면서 제주도에 14연대가 파병될 것임을 짐작한 부대내의 분위기는 은밀하게 술렁이기 시작했다.

그 속에 대구 폭동 주모자인 박상희와 연결되고 있었던 사람이 바로 그의 동생인 박정희 정보장교였다. 그러나 제주도 토벌작전에서 연대장 암살사건을 계기로 미군정이 숙군을 시작하여 그 영향으로 소위 '혁명의용군사건'에 연대장 오동기 소령이 연루되어 구속 수감되었다.

당시의 정국 분위기가 그랬다.

전라남도 대부분의 지역 역시도 1946년 전반기부터 우익의 우세로 기울어지고 있었지만, 그러나 계속되는 인플레 현상과 특히 미군정의 미곡 수집령으로 일반 농민들의 삶은 일제시대나 별반 달라진 것이 없어 군정당국에 대한 원성이 높아가고 있을 때였다.

그야말로 농민들의 불만과 실망이 점점 누적되어 가면서 마침내 전남 동부지방의 구례, 순천을 포함한 4개 군에서 5월 10일 선거를 저지 투쟁하는 사건이 발생했었고, 1948년 3.1절을 계기로 구례의 경찰서 및 좌익 습격사건을 비롯하여 순천의 시위군중과 우익 학생과의 충돌사건이 빈번하게 일어났었다.

그러면서 전남 동부지방의 민중들까지 들고 일어나기 시작한 것이다.

이렇게 민중봉기로 들고 일어나기 시작한 사태는 점차 광양과 여수 등지에서 경찰지서와 투표소를 습격하는 등, 급진전으로 확대되어 5월 10일 제헌 선거를 전후로 해서 더욱 빈번하게 일어났다. 그리고 고흥으로까지 번져 나가면서 대서면 지서가 습격당하는 사건이 발생했다.

이러한 민중 항쟁에도 불구하고 1948년 3월 17일 미군정은 정부 법령 제175호로 국회의회 선거법을 공포했다.

그리고 5월 10일 제헌 국회의원 선거를 거쳐 7월 12일 대한민국 헌법을 제정하고 7월 17일 이 헌법을 공포하였다. 이날 정부조직법 법률 제1호도 함께 공포 시행되었다.

그리고 1948년 8월 15일, 대한민국 정부의 수립을 내외에 선포하면서 대한민국 제1공화국이 탄생되었다.

그러나 국민들은 미군정을 등에 업은 남한만의 날치기 정부 수립에 대한 불만이 팽배해 있었다.

그런 민중들의 감정은 곳곳에서 크고 작은 사건을 일으켜 경찰과 충돌했다. 그러면서 그 불씨는 전국적으로 확대되어 나가고 있었을 때였다.

그처럼 어지러운 시국 정세를 농촌에 들어앉아 일만 하는 시골 아낙이 낱낱이 알 수 없었고, 그런 시국 정세를 통탄하며 밖으로 나가 그 민중항쟁에 합세하면서 곤욕을 치루어야 했던 창조의 행동거지를 정임은 이해할 수 없었던 것이다.

어쨌든 그렇게 어수선한 분위기 속에서도 정임의 뱃속에서는 세상 모르는 태아가 자라고 있었고, 그해 윤달이 지난 음력 8월 초순, 6.25전쟁을 치루느라 어지러운 세상 밖으로 고개를 내미는 태아의 우렁찬 울음 소리가 밤의 정적을 깨웠다.

아들이었다.

이제는 두 남매의 어머니가 된 정임이었다.

지난날 그처럼 친정어머니를 철이 없어 원망하던 정임이 아니었다.

비로소 어머니의 마음이 어떤 것인가를 새삼 느끼게 되면서 주어진 운명의 길에서 최선을 다하는 엄마가 되리라고 정임은 다짐하고 또 다짐했다.

그러니까 둘째가 태어났을 때는 정임의 나이 스물 세 살이었고, 첫째 딸 수복이의 나이 4살이었다.

세상 모르는 남매의 재롱이 고단한 생활 속에서 유일한 위로였고, 또 어둠 속에 반짝이는 희망으로 정임에게 삶의 용기를 주기도 했다.

정임은 그 두 아이들을 누구보다 잘 키워내기 위해서는 열심히 일을 해야 한다고 생각했다.

삶과 죽음 사이

밭에 나가 씨앗을 뿌리고 돌아온 어느 날이었다.

뜻밖에 동생 차임이 찾아와 정혼을 하게 되었다고 말했다.

그때 동생 차임의 나이 19세였다.

신랑감은 같은 면, 신북지서에 근무하는 임인찬 형사라고 했다. 어떤 인연으로 정혼을 하게 되었는지 궁금했다.

"누가 중매한 거니?"

"으응, 어느 날 마을에 출장 나왔다가 나를 보고 한눈에 반했대나. 그래가꼬 매일 매일 시간만 나면 집에 와서 둘러보고 가고 하다가 엄니 아부지한테 허락을 받았다지 뭐야."

그 전말을 동생으로부터 듣는 기분이 어쩐지 썩 좋지 않았다. 그 당시 지서 형사들은 불온 명단에 올라 주목되는 자들 집을 기웃거리며 감시를 하고 다녔기 때문이다.

그런 선입견 때문인지 이상하게 가슴이 두방망이질을 했다. 그러나 이미 양가 합의하에 혼사 날짜가 정해졌다고 했다.

"그래, 결혼이란 것은 엄니 말대로 여자라면 해야겠지만 혼자서 잘한다고 되는 게 아니드라. 이 세상에 재미있게 안 살고 싶은 사람이 어디 있겠냐. 하지만 기대감이 크면 실망도 크다는 말이 있으니께 그냥 주어진 여건에 맞춰서 열심히 사는 것뿐이여. 꽃가마 속에도 울음 있다고 하잖여. 그렇게 위로하고 한 세상 사는 거여. 지 잘났다고 뛰어봤자 도토리 키재기고, 흐흥!……."

그 말은 어쩌면 결혼을 앞둔 동생보다도 정임이 스스로 결혼 생활에 실망뿐인 자신을 다독이며 위로하는 말이기도 했다.

그해 가을 추수가 끝나고 동생 차임은 혼례를 올렸다.

정임은 새색시 신접살림을 둘러보기 위해 두어 달 뒤, 날을 잡아 동생 집을 찾아갔다.

단란하면서도 아기자기하게 꾸며진 신접살림은 신랑의 안정된 월급생활을 대변해 주고 있었다. 동생 차임은 벌써 입덧이 난 모양이었지만 입가에 행복한 미소를 흘리고 있었다.

"그래 참 고맙구나. 너만이라도 이쁘게 살아주니…. 그것이 부모 마음 편하게 해 주는 효도라 그러드라. 이제 떡두꺼비 같은 아들만 낳으면 되겠구나."

동생의 행복한 신접살림에 아낌없는 축하를 해 주고 집으로 돌아왔을 때였다.

집안 분위기가 어수선한 것이 느낌이 드는 것이 이상했다.

순간적으로 '혹시나?' 하고 안으로 들어섰을 때였다. 시어머니가 넋을 놓고 앉아 있다가 며느리를 보자 긴 한숨을 내쉬면서 말했다.

"형사들이 와서 끌고 갔다."

"네?"

가슴이 덜컥 내려앉았다. 순간 동생 차임의 신랑이 떠올랐다.

"그래, 거기에 부탁해 보자."

정임은 왔던 길을 되돌아 뛰어갔다. 그리고 차임의 신랑에게 다급하게 뛰어온 사정을 말했다.

그리고 애원하듯이 말했다.

"또 초상집이 됐지 뭔가. 어쩌면 쓰까 모르겠네."

그러자 차임의 신랑 임형사는 가만히 생각하다가 일어나면서 말했다.

"제가 나가서 알아보고 오겠습니다."

그리고 얼마만에 밖에서 돌아온 임형사는 안심해도 좋다는 듯이 말했다.

"손을 써 놨으니 어디 기다려 봅시다."

그 말이 구원의 소리처럼 들려 왔다.

마음이 놓이면서 집으로 돌아와 그 이야기를 어른들에게 전했을 때였다.

"다행이구나, 그렇게 손이 닿아서……."

그런 3일 후, 정임의 신랑 창조는 집으로 돌아왔다.

정임은 더 없이 기뻤다. 우선 신랑이 아무 탈 없이 돌아왔다는 것만으로도 반가웠고, 그 일을 동생 신랑이 손을 써서 방면될 수 있었다는 것이 무엇보다도 시집에 면목을 세워줘서 고마웠다.

그런데 어느 날 창조는 또 말없이 사라졌다.
며칠이 지나도 들어오지 않았다. 소식을 알 수 없는 채, 식구들의 표정은 어두운 채 말을 잃고 있었다.
그렇게 불안한 날들이 며칠이 지났을 때였다. 형사들이 다시 들이닥치면서 창조를 찾았다.
"성창조 있으면 나오라고 하시요."
"……. 그 사람 며칠 전에 아무 말 없이 나가서 아직 집에 안 들어왔는데요."
"그래도 어디를 간다고 말은 하고 나갔을 거 아니요."
"그 사람이 언제는 어디 간다고 말하고 다니는 사람인감요."
그 말에 형사들은 미심쩍은 표정을 짓고 짬짬하다가 돌아섰다.
그러나 그로부터 며칠을 드나들면서 가택 수색을 하듯 형사들은 집 안팎을 샅샅이 뒤지고 다녔다.
그야말로 살벌한 공포 분위기였다. 도무지 식구들은 불안해서 견딜 수가 없었다.
형사들이 가택 수색을 하고 돌아간 저녁나절이었다. 가슴이 답답한 정임은 큰아주버니를 찾아가 답답한 가슴을 털어놨다.
"도대체 그 사람은 왜 그러고 다닌데요? 또 무슨 일을 어디서 어떻게 저질렀기에 형사들이 저렇게 날마다 눈에 불을 켜고 찾아다니는지 피가 말라 죽겠네요."

그러자 큰아주버니는 담배에 불을 붙여 물고 가만하게 입을 열었다.

"무슨 일이 나긴 난 모양이요. 시국도 심상찮고, 그 녀석도 이렇게 안 들어오는 것이…."

도무지 무슨 소린지 알 수가 없었다. 시원한 대답도 들을 수 없는 채, 멀끔하게 얼굴만 쳐다보고 있었다. 답답한 것은 매한가지라는 듯 시아주버니도 긴 한숨만 내쉬었다. 정임은 그 얼굴을 바라만 보고 있기가 민망해서 일어났다.

그런데 다음날이었다.

동네 분위기가 이상하게 술렁거렸고, 집안 어른들 표정도 경직된 채 뭔가 수근거렸다.

"또 한바탕 난리를 치루겠구만…."

난리라니, 도무지 무슨 소린지 알 수 없는 얘기가 들려 왔다. 하지만 그 난리를 한두 번 당한 것도 아니고, 정임은 귀 밖으로 흘리고 돌아섰다.

다음날 아침. 큰 시아주버니가 잔뜩 어두운 표정으로 조심스럽게 건너와 말했다.

"기어이 전쟁이 났다요. 얼마나 피를 볼랑가……."

"녜?! 전쟁이라뇨?"

"이북에서 남침을 했다요."

그것은 천둥 번개를 몰고 오는 검은 먹구름이었다.

그러니까 1950년 6월 25일, 북측은 민족자주 통일의 길을 더는 대화로써 열 수 없다고 판단했던 것인지, 마침내 무력을 동원한 민족 비극의 신호탄을 울린 것이다.

그렇게 시작된 남북전쟁은 이윽고 군청, 면사무소, 학교할 것 없이 동네마다 붉은 깃발이 휘날렸다.

그날도 정오쯤이었다.

동생 차임이 울었는지 눈이 퉁퉁 부어 오른 얼굴을 하고 친정 동생들을 앞세우고 들어왔다. 해산달이 가까워 배가 많이 불러 있었다.

"차임이 니가 웬 일이냐?"

"세상이 뒤집어져 가꼬 그이가 붙잡혀 갔어요."

"뭐야? 큰일 났구나."

상황이 짐작이 갔다.

그때쯤은 동네에 붉은 완장을 두른 젊은 청년들이 설쳐대고 있었기 때문이다.

"그랬구나. 어쩌지? 집 나간 느그 형부는 살았는지 죽었는지 소식도 없고, 이 일을 어쩌믄 좋다냐?"

"이럴 때 형부가 있었으믄 좋을 건데……."

이제 열일곱 살이 된 삼례가 옆에서 하는 말이었다.

"아무튼 기다려 보자. 하늘이 무너져도 솟아날 구멍이 있다는데 혹시 느그 형부가 들어올지 아냐? 세상이 뒤집어졌응께."

신랑 창조가 그처럼 뒤집어지기를 바라던 세상에서 기대해 보는 가느다란 불빛이었다.

그런데 그 불빛이 드디어 가족들 앞에 당당한 모습으로 나타났다. 그야말로 구세주처럼 반가운 목소리에 울음부터 나왔다.

"흑흑! …. 이놈의 세상, 하루도 편할 날이 없이…. 이제 당신이 돌아왔으니 내 동생 차임이 신랑은 당신이 살려내야 해요. 흐흑, 흑…."

"그래, 그래, 내 알았으니 내게 맡겨요. 처제한테 진 빚도 갚아야 겠제."

그 말만 들어도 살 것 같았다.

"참말이유?"

"아무튼 알았으니께…. 내 잠시 나갔다 오리다."

오래간만에 모습을 나타낸 창조는 식구들에게 인사를 하는 둥 마는 둥 마음이 급해 오는지 밖으로 나갔다.

그리고 얼마 후 돌아와 앉으면서 한 마디 한다.

"간부급이 아니고는 처제를 지켜 줄 수가 없어가꼬, 내 당신 써야 할 감투를 가지고 왔소."

신랑 창조가 임의대로 가지고 왔다는 감투는 '여성동맹위원장' 이었다.

그 상황에서 감투야 어떻든 붙잡혀 간 사람만 살려 낼 수 있다면 그만이었다.

며칠 후 임명장이 나왔다. 그 감투를 쓰고 먼저 해야 할 일은 동네 부인, 처녀들의 명단을 한 사람도 빠짐없이 작성해서 면당에 올리는 것이었다.

하지만 그 얼마 전 면사무소를 반정부 청년들이 불을 질러 버렸기 때문에 호적 등초본이 소각되어 버렸다. 그래서 정임은 대충 가구 조사를 해서 올렸다.

소각되고 남은 면사무소 자리를 인민군이 들어와 차지하고 있었다. 정작 북측 인민군은 4, 5명에 불과했고, 동네 붉은 완장을 두른 너댓 명이 앉아 일을 보고 있었다.

창조를 찾아 들어간 정임이 그들을 보고 물었다.

"우리 남편 성창조씨는 어느 부서에서 근무하나요?"

그러자 한 쪽에 앉아있던 인민군이 말했다.

"우리 인민공화국은 남녀평등이라 합네다. 담부터는 남편 동무라 하기요."

'남편 동무?'

정임은 웃음이 나왔다. 하지만 알았다고 고개만 까딱해 보였다.

창조는 밖에서 일을 보고 있는 듯했다. 만나지 못하고 집으로 돌아왔다.

그리고 애들을 데리고 큰집을 찾아갔을 때였다. 시아버지가 아이들을 반기며 물었다.

"애비는 어째 얼굴도 안 보이냐?"

"저도 얼굴 보기가 힘든 걸요, 할 일이 많은가 봐요."

그러자 큰 시아주버니가 걱정이 된다는 듯이 말했다.

"세상이 하 수상해서 언제 또 뒤집어질랑가도 모르는디 설쳐대니……."

그 말은 정임이 역시도 눈치껏 자중하라는 의도에서 하는 말씀 같았다.

사실 그랬다. 여성동맹위원장 감투를 쓰고 해야 할 일은 여러 가지로 많았다.

동네 집집마다 된장, 간장, 고추장을 거둬들이는 일에서 심지어는 논에 벼 낱알이 얼마나 붙었는가 하는 것까지도 조사해서 보고해야 했다.

그 일에 앞장 서기 위해서는 먼저 솔선수범을 보여야 했다. 그런 정임의 모습이 은근히 걱정이 되어서 하는 말씀 같았다.

그런 어느 날 남로당에서 인민재판이 열린다고 한 사람도 빠짐 없이 나오라고 했다.

정임은 여성동맹위원장이라는 감투를 쓰고 있는 만큼 당연히 참석해야 했다. 하지만 그런 자리에는 참석하고 싶지 않았다.

그 자리를 피해 시어머니와 함께 목화 밭일을 나가자고 했을 때였다.

시어머니가 뜻밖이라는 듯이 말했다.

"얘야, 너는 오늘 재판장에 안 가니?"

"죄인이 따로 있나요. 세상이 이쪽으로 뒤집어지면 저쪽이 반동이고, 저쪽으로 뒤집어 엎어지면 이쪽 사람이 반동인데요, 뭘. 어지러운 세상에 태어난 것이 죄지요.”

“그래, 니 말이 맞다. 엊그제는 애비가 죄인 아닌 죄인으로 재판을 받더니….”

“날뛰는 꼴들이라니, 흐흥 ….”

“누구 보고 하는 소리냐? 설마 애비 보고 하는 소리는 아니겠제?”

“그렇잖아요. 즈그가 뭘 안다고 흐흥! …. 붉은 완장을 차고 설쳐대면서 그 동안 한풀이를 하는 꼴들이라니, 그 머슴 하인배들 말예요. 저보고 깍듯이 아씨라고 부르던 것들이 동무라나요. 내 원 참아니꼽고 더러워서…….”

그때 분위기는 그랬다. 농촌에서 전답도 없이 남의 집 머슴살이를 해 오던 하인배들이나 천민들이 마치 고기가 물을 만난 것처럼 날뛰고 다녔다.

설치고 다니는 그들이 ‘사람은 누구나가 평등하다’ 는 공산주의 사상에 박수를 치는 것까지는 좋았다. 마치 평소에 억눌렸던 사사로운 감정의 한풀이나 하려는 것처럼 무고한 동네 사람을 몰상식하게 밀고하기도 했고, 그러면서 약탈과 살상도 주저하지 않았다. 거기에 비하면 이북에서 내려와 치안을 맡고 있는 공산당원들은 오히려 양반 중에도 양반이었다.

그 동네에서 바닥 생활을 하던 천민들에 의해 그 한풀이 대상으로 밀고된 무고한 사람들이 억울하게 재판을 받고 처형을 받는 것이 인민재판이었다.

"살이 살 먹고 쇠가 쇠 먹는 세상, 그 꼴 보기 싫어서 얼핏 얼굴만 보이고 나와 버렸다니까요. 흐흥!"

"참말로 세상이 어찌 될라고 이런가 모르겠다. 죽일 놈덜, 기다려 보자. 이놈의 세상이 어디까지 가는가."

시어머니가 기다려 보자던 세상, 그러나 그 세상은 그로부터 불과 얼마 되지 않아 다시 뒤집어졌다.

1950년 9월 28일. 전쟁이 나고 3개월 만이었다.

서울이 수복되고, 국군이 승승장구하여 압록강까지 밀고 올라갔다고 수군거렸다.

상황은 급변했다. 북에서 내려온 인민군들은 정신없이 후퇴를 했고, 동네 붉은 완장을 차고 설쳐대던 '빨갱이'들은 유격대를 조직해서 지리산 줄기를 타고 도망을 쳤다.

다시 살벌하게 뒤집어진 분위기는 낮에는 경찰이, 밤에는 산사람 유격대들이 내려와 설쳐대는 세상이 되고 말았다. 마을 사람들은 그 사이에서 이중 고통을 당해야만 했다.

밤이면 먹을 것이 없는 산사람들이 내려와 동네에서 양식을 털어갔고, 심지어는 소, 돼지, 닭까지도 잡아갔다. 그래도 그것까지는 좋았다. 그들은 눈에 띄는 대로 약탈한 물건을 동네 젊은 사람들의 등에 지워 데리고 산으로 들어갔다.

그렇게 짐꾼으로 잡혀간 사람들은 다시는 돌아올 줄 몰랐다. 특히 지리산 줄기를 타고 있는 마을 동네는 그런 일이 더욱 심했다.

밤마다 출몰하여 양식을 약탈해 가는 그들에게 밥을 지어 바쳐야 했고, 낮에는 또 그들에게 동조했다는 죄목으로 경찰에 끌려가 다시 곤혹을 치루는 이중적 고통을 당해야만 했다.

그런 혼란 속에서 식량이 바닥이 난 마을 사람들은 논에 나가 아직 설익은 풋나락을 베어다가 삶아 널고 말려서 그것을 양식으로 삼아야 할 정도로 목숨 보존에 급급해 있었다.

그런 상황에서 북으로 진주하는 군경 역시도 산에서 내려와 민가를 괴롭히던 유격대들과 크게 다를 것이 없었다. 더러는 빨갱이보다 더하다고 말을 하는 사람도 있었다.

그야말로 쫓고 쫓기는 난리판이었다. 여기 저기 죽어 나자빠진 시체가 그처럼 처절한 민족상잔의 비극을 대변해 주고 있었다.

그 때 공산당원으로 활동했던 정임의 신랑 창조는 당연히 유격대 일원으로 산으로 도망쳐 들어갔고, 반대로 그가 살려서 피신시킨 차임의 신랑 임형사가 돌아와 경찰 간부로 활개를 펴기 시작했다.

그런 사이에서 물심양면으로 이중적 고통을 당해야 했던 농민들은 그 해 농사철에 일손이 모자랐던 관계로 농사를 제대로 짓지 못해 극심한 식량난에 허덕여야만 했다.

정임의 집은 말할 것도 없었다.

정임은 할 수 없이 생각 끝에 두 아이를 데리고 친정집으로 향했다. 차임의 신랑이 돌아와 지서 일을 맡고 있었기 때문에 식량걱정은 안 할 것이라는 생각이었다.

그런데 상황은 그게 아니었다. 밤이면 산사람이 내려와 안전하다고 생각할 수 없었던지 동생 차임은 신랑이 근무하는 지서에서 신랑 임형사가 도피 중에 낳았던 딸을 데리고 생활을 하게 되면서, 어머니 아버지가 따라 들어가고, 집안 살림은 셋째인 삼례가 하고 있었다.

정임은 허탈하게 다시 집으로 돌아왔다. 쌀 한 톨 남아있지 않은 빈 항아리만 자리를 차지하고 있었다.

어쩔 수 없이 아이를 등에 업고 하나는 걸리면서 큰집으로 향했다. 하지만 큰집이라고 그런 상황에서 별다를 게 없었다.

큰동서가 항아리 밑바닥 긁어대는 소리를 내며 겨우 몇 주먹 입에 풀칠할 정도의 양식을 싸주면서 출입하는 것을 꺼려 하는 눈치를 내보였다.

공산당 부부로 동네에서 눈총을 받고 있었기 때문에 혹시라도 그 불똥이 거기까지 튈까 봐 염려하는 기색이 역력했다.

정임은 그야말로 고립된 무인도에 철없는 두 아이들과 버려진 기분이었다. 집으로 돌아오는 걸음이 눈물에 흔들리면서 자꾸만 비틀거리게 했다.

그러나 세상 모르는 두 아이들은 철없이 배가 고프다고 칭얼댔다. 밥을 하려고 부엌으로 나갔을 때였다. 땔나무도 없다는 것을 생각지 못했다.

불기 없는 냉방에서 그대로 저녁조차 굶고 뜬눈으로 밤을 새웠다.

그리고 새벽 일찍 잠이 든 두 남매를 놓아두고 산으로 나무를 하러 올라가 낙엽을 긁어 자루에 눌러 담고 내려와 밭도랑에서 배추를 뽑아 담았다. 쌀을 늘려 먹기 위해 죽을 쑤어야 했기 때문이다.

그나저나 큰집에서 몇 주먹 얻어온 쌀은 며칠이 못가서 바닥이 날 수밖에 없었다.

정임은 두 아이를 데리고 살아갈 생각하니 눈 앞이 캄캄해졌다. 참으로 앞으로 살아갈 일이 막막 답답하기만 했다.

생각 끝에 어린 것은 등에 업고 큰애는 걸리면서 찾아 들어간 곳이 외갓집이었다.

하지만 외갓집도 큰집과 별다르지 않았다. 외할머니는 얼굴에 웃음을 잃어버린 듯 표정이 굳어있었다. 그리고 쌀과 보리쌀을 몇 주먹 바쁘게 보자기에 싸주면서 말했다.

"동네에서 느그를 빨갱이 부부라고 한담서? 그러니 살기가 더 힘들겠지만, 우리라고 별 수 있겠냐? 굶는 것을 세끼 밥 먹듯이 하는 세상인디…. 어서 가거라, 그래도 큰집이 있고 헌디 즈그 핏줄이사 굶겨 죽이겠냐?"

그 말은 어서 돌아가라는 말이나 마찬가지로 들리면서 돌아 나오는 걸음에 눈물을 삼키게 했다.

정임은 무거운 걸음으로 아이들을 데리고 다시 집으로 돌아왔다. 그리고 그 얻어온 양식으로 며칠 동안 죽을 쑤어먹고 버티면서 아이들과 함께 죽어버릴까 하는 생각까지도 들었다.

그러나 고개를 흔들었다. 그리고 생각한 것이 아이들을 큰집에 맡기고 이 동네를 떠나야 한다고 생각했다. 시대를 잘못 만나 부모가 공산당에 부역한 죄로 아이들까지도 고생을 시키고 있다는 생각이 들었기 때문이다.

아침밥을 지어 먹이고 집을 떠날 짐을 챙겼다. 그리고 막 대문을 나서려고 할 때였다.

7, 8명쯤 되어 보이는 군경과 한청단원들이 앞을 가로 막아서면서 말했다.

"느그 서방 성창조는 어디 갔어?"

"제가 그걸….”

"시끄러워! 이 빨갱이 각시야."

두 눈을 무섭게 부릅뜬 사내는 정임을 쏘아보다가 턱짓으로 끌고 가라는 말을 대신했다.

끌려가는 엄마 정임을 애타게 부르는 처량한 아이들의 울음소리가 정임의 가슴을 적시고 또 적시게 하면서 눈 앞이 보이지 않았다.

정임이 끌려간 곳은 동네 마을 회관이었다. 그 안으로 들어갔을 때였다.

거기에는 동네 젊은이 한 사람과 환갑이 넘은 할머니 할아버지들이 몇 명 앉아 울상을 짓고 있었다. 그러니까 산으로 도망간 식구들을 둔 죄로 심문을 받기 위해 끌려온 부모들이었다.

젊은 여자는 정임이 혼자뿐이었다. 그들은 모여서 머리를 맞대고 무슨 말인가를 주고 받더니 이윽고 그 중에 한 사람이 앞으로 나서면서 말했다.

"당신 남편이 빨갱이고, 당신도 빨갱이 감투를 쓰고 있었다는 거 부인하지 않겠지?"

"그건……."

"변명은 필요 없고…. 어이! 눈 가리고 어서 데리고 나가!"

그들은 곧 정임을 미나리꽝이 있는 곳으로 끌고 나갔다. 그리고 손을 뒤로 묶고 수건으로 눈을 가렸다.

그때였다.

저만치서 숨차게 뛰어오는 발자국 소리와 함께 "어이! 잠깐, 잠깐!" 하는 목소리가 어디선가 들어본 듯한 목소리였다.

이윽고 그 숨소리가 정임의 앞에 와서 멎으면서 두 눈에 가린 수건을 풀어주면서 말했다.

"하마터면 큰 일 치룰 뻔했네, 날세."

그는 외가로 해서 먼 친척 아저씨뻘 되는 윤형사였다.

"아저씨! 흐흑……."

"그래 그 동안 고생 많이 했네. 자네가 공산당 밑에서 우리 가족들 돌보고 여러 사람 살려냈다는 말 들었네."

그때서야 정임은 '살았구나' 하는 용기가 생기면서 앙금진 가슴을 그들 앞에 토해냈다.

"아저씨, 이 자리에서 내가 죽을망정 할 말은 해야겠어요. 해방이 되고 하루가 멀다 하고 뒤집어지는 세상에 정의가 어딨어요? 정의가 뭐 말라 죽은 것인지 공산주의, 민주주의 해감서 박쥐처럼 여기 붙었다가 저기 붙었다가 헐 수밖에 없는 이 모양 이 꼴 만들어

놓은 김일성이, 이승만이부터 국민들 앞에 단죄를 받아야지요. 안 그래요?"

당차게 쏟아내는 정임의 울분이었다. 그러자 저만치서 그 광경을 보고 있던 할머니 할아버지들이 "옳은 말이요!" 하면서 박수까지 쳐주었다.

그러자 군경과 한청단원들은 하나둘씩 돌아서 나가고 윤형사만 남았다.

윤형사는 그런 용기를 낼 수 있는 정임이 대견하다는 듯이 등을 토닥여 주면서 말했다.

"내가 훌륭한 조카를 두어서 많은 것을 배우네, 그려."

그리고 윤형사는 시국이 어수선한 만큼 몸조심하라는 말을 당부했다.

집으로 돌아왔을 때는 두 아이들을 옆집 할머니가 돌봐주고 있었다. 너무나 고마워서 울음부터 나왔다.

"고맙습니다, 할머니…. 이 은혜를…. 흐흑……."

"무사해서 다행이네. 나는 꼭 일 치루는 줄 알았구만."

아이들은 그런 엄마를 보자 또 울음을 터뜨렸다. 그러자 할머니도 훌쩍훌쩍 따라 울면서 혼자 중얼거리듯이 말했다.

"원수 같은 세상, 언제나 이 꼴 안 보고 살꼬."

그 일이 있고 일주일쯤 되었을 때였다. 순경 두 사람이 다시 집으로 찾아와 사무적인 어투로 말했다.

"지서까지 함께 가셔야겠습니다."

"......"

정임은 또 무슨 일인가 하고 가슴부터 떨려 왔다.

대뜸 물었다.

"또 무슨 일이죠?"

"가 보믄 압니다. 준비하고 나오시죠."

준비를 하고 나오라니, 도무지 머릿속이 헷갈렸다. 아이를 등에 업고 순경을 따라 지서로 들어갔다.

그런데 이게 또 어찌 된 일인가?

순경이 손짓을 해서 따라가 발을 멈춘 곳은 유치장 앞이었다. 어둑컴컴한 유치장 안에는 빽빽하게 많은 사람들이 갇혀 있었다.

정임은 시도 때도 없이 반복되는 곤욕에 물음표를 얼굴 가득히 만들어내며 그 순경을 쳐다봤다.

그러자 순경은 유치장 문을 열고 정임을 그 안으로 밀어 넣으며 말했다.

"우리는 위에서 시키는 대로 할 뿐이요."

유치장 안은 발을 들여 놓을 틈이 없을 정도였다. 등에 업은 용화가 답답했던지 등을 두들겨 대며 칭얼댔다.

"엄마, 나가!…. 엄마, 나가! 흐흑…."

그때였다. 저만치서 아들 이름 용화를 부르는 목소리가 들렸다.

"용화 엄마!…. 나요."

그 목소리는 분명 남편이었다. 처음에는 두 귀를 의심했다. 그러나 그는 뒤집어지는 북새통에 생사를 알 수 없어 했던 남편이 틀림

없었다.

"여보! 당신 정말 용화 아부지 맞죠. 흐흑, 흑흑…."

세상 모르는 아이는 등에서 울고, 격동시대 지도자를 잘못 만난 젊은이들은 캄캄한 유치장 안에서 울었다.

"용화야!"

집을 나간 지 몇 달만에 유치장 안에서 아들을 부르는 창조의 목소리가 흐느끼듯 떨리고 있었다.

시절 따라, 인연 따라

    뜻밖에 유치장 안에서 만난 남편 창조였다. 그처럼 참담한 부부 상봉에 그 안에 감금된 사람들 모두의 표정이 침통했다.

    용화는 답답했던지 유치장 안에서 아버지를 만났다는 것도 아랑곳없이 계속 칭얼대기만 했다. 그것을 들여다본 순경 한 사람이 보기가 딱했던 모양이었다.

    유치장 문을 열어주면서 말했다.

    "나오시요."

    용화를 데리고 밖으로 나갔을 때였다. 순경은 용화를 보듬어 안고 다시 유치장으로 들어가라고 손짓을 했다. 용화는 엄마를 떨어지지 않으려고 울어댔다.

    순경이 용화를 안고 빠르게 사무실 쪽으로 사라졌다.

    그리고 얼마 후 울음소리가 뚝 그치면서 갑자기 조용해졌다.

모두의 얼굴, 눈빛들이 서로를 바라보며 뜨악해 하고 있을 때였다. 용화가 아장걸음으로 유치장 앞으로 걸어오더니 창살 사이로 손을 들어 밀면서 말했다.

"엄마! 이거 먹어."

엿가락이었다.

순경이 우는 용화에게 먹을 것을 주어 달랜 모양이었다. 바라보는 모두의 얼굴들에 안도감이 돌았다.

용화는 엿가락을 정임에게 건네주고는 그렇게 먹을 것을 주고 토닥거려 주는 순경아저씨가 좋았던지 그 쪽을 향해 뛰어가면서 세상 모르는 웃음을 날렸다.

그 모양을 바라보던 누군가가 말했다.

"저렇게 먹을 것만 주면 애들은 세상 모르고 좋은 거여."

그 말에 한 젊은이가 허공을 쳐다보며 자위하듯 가만하게 푸시킨의 시를 읊조렸다.

"삶이 그대를 속일지라도/ 슬퍼하거나 노여워하지 말아라./ 슬픈 날엔 참고 견디라./ 즐거운 날은 오고야 말리니……"

시골 사람 같지 않게 단정한 용모가 외지(外地)에서 먹물 깨나 먹은 식자(識者)인 듯해 보였다.

당시 이승만 정부 노선에 대응하고 나섰던 젊은이들은 대개가 민족의식이 투철한 식자층들이 많았다. 그래서 해방공간에서 민족의 정통성을 되찾아야 한다면서 남한만의 단독정부 수립에 반대하고 남북이 통일되어야 한다고 부르짖으며 항거했던 것이다.

그런데 정부에서는 그들을 이북 김일성을 지지하는 공산주의 빨갱이라는 색깔론으로 덮어 씌워 형장의 이슬로 사라지게 했던 것이다.

유치장 안에 잡혀 들어온 사람들 대개의 죄목은 그것이었다. 한 젊은이가 자조 섞인 웃음을 풀어내면서 말했다.

"흐흥! 즐거운 날이 올 거라고 믿소? 시방 우리는 빨간 그물에 걸린 불쌍한 새들이요. 그대로 놔줄 것 같소? 이 땅은 족보도 없는 육식동물들이 판치는 우범지대요. 먼 옛날 당파싸움으로 지지고 볶아대던 불쌍한 양반네들 넋이 허수아비로 너풀거리는 그 늪에 빠졌는데 뭘 바란단 말이요. 차라리 나무관세음보살이나 찾읍시다. 그래야 이런 꼴 저런 꼴 안 보는 극락세계로 갈 테니까. 흐흐흐…."

젊은이의 말에는 이미 다가오는 내일의 그 어떤 고문도 각오한다는 굳은 결의가 물씬 배어 있었다.

북새통을 이루던 한낮은 어디론가 가버리고 날 저문 노을빛이 유치장 안을 기웃했다. 서로를 바라보는 눈빛들이 말을 잃고 있었다.

그렇게 침통한 분위기가 흐르는 유치장 안에서 그 이튿날 밤 열시 경이었다. 순경들이 들어와 유치장 문을 열어주면서 모두들 나오라고 했다.

서로를 바라보는 눈빛들이 굳어지면서 체념한 듯 순경의 뒤를 따랐다.

이윽고 순경들이 한 사람씩 밧줄로 묶어 트럭에 실었다.

거기에 남은 사람은 정임까지 모두 세 명이었다. 순경이 그 세 명을 집으로 돌려보내 주면서 말했다.

"여기 남은 세 사람은 일단 집으로 돌아가서 자중하시오."

어둠 속에 멀어져 가는 트럭을 바라보면서 정임은 순경을 보고 물었다.

"저 사람들은요?"

"모두가 전과자라서 경찰서로 넘어가는 거요."

그 때 순경이 말하는 전과자는 반정 항거로 몇 번을 형무소를 내 집처럼 들락거린 사람들이었다. 남편 창조도 그 속에 끼어 있는 한 사람이었다.

지서에서 방면된 정임은 그 길로 동생 차임의 남편이 근무하는 신북지서로 아이를 등에 업고 달려갔다.

이십리 길이 넘는 먼 길이었다.

거기에는 어머니, 아버지, 그리고 친정 동생들이 그 지서에서 근무하고 있는 차임의 남편을 의지하고 생활하다시피 하고 있었다. 그러니까 일종의 가족들 피난처인 셈이었다.

지서에 당도했을 때였다. 그곳 지서 역시도 유치장은 불온 사상 범들로 몰려 붙잡혀 온 사람들로 대만원을 이루고 있었다.

유치장에서 극적으로 방면되어 다시 만나게 된 친정 식구들과의 해후는 눈물바다 그것이었다.

"그래, 애비는 경찰서로 넘어가고?"

다리 한쪽을 잃고 거동이 불편한 아버지가 침통한 얼굴로 물었다.

"순경 말이 전과자들만 넘긴다고 하대요. 살아나온다는 보장도 없는디, 저 어린 것들을 데불고 어찌 살아야 할랑가 눈 앞길이 캄캄하네요."

"즈그 푸접들은 나 몰라라 한거?"

어머니가 억장이 무너진다는 듯 긴 한숨을 내쉬면서 묻는 말이었다.

"지난 번에도 찾아갔더니 행여 불똥이라도 튈까 봐서 그런지 냉담하더라고요. 겨우 쌀 몇 주먹 쥐어주고 어서 가라고 하잖여요."

"누굴 원망하겠냐. 세상이 이 모양인디……."

어머니의 말대로 누구를 원망할 수도, 또 믿을 수도 없는 세상이었다.

정임은 다음날 어머니가 그 동안 먹을 양식이라고 싸주신 보따리를 이고 아이를 등에 업은 채 집으로 향했다.

순경에게 붙잡혀 오던 날 다섯 살 된 수복이만 두고 집을 나왔기 때문이다.

물론 옆집에 사는 보살 같은 할머니가 평소에도 그래 왔지만 그 동안도 보살펴 주고 있을 것으로 믿어졌다. 하지만 마음은 여간 바빠져 오는 게 아니었다.

마을과 멀어져 꼬불거리는 산길을 따라 어디쯤 올라가고 있을 때였다.

여기 저기 처형당한 시체들이 나뒹굴어져 있었다. 퍼뜩 그 밤에

묶여가던 남편의 얼굴이 떠올랐다.

머리에 이고 있던 보따리를 저만치 내려놓고 무서운 것도 모른 채 시체들을 하나씩 들처보다가 시체에 걸려 몇 번을 넘어지기도 했다.

다행히도 남편의 시체는 그 속에 없었다. 그러나 처참한 몰골의 시체들이 마치 남편의 모습으로 통곡의 울음이 터져 나오게 했다.

그 울음은 산울림으로 더욱 서러움을 자아내게 했다. 산길에 울음을 뿌리면서 집으로 돌아왔을 때는 역시 생각대로 옆집 할머니가 수복이를 데려다가 잘 보살펴 주고 있었다. 너무나 고마워 이고 온 양식을 조금 덜어주었을 때였다.

할머니가 손을 내저으면서 말했다.

"말어. 저 어린 것들을 데리고 살아갈라믄 얼마나 깝깝할 것인디……."

너나없이 살벌한 세상에서 인정 넘치는 할머니의 말은 울컥 또 눈물을 차오르게 했다.

세상 모르는 어린 남매를 데리고 살아갈 것을 그처럼 생각해 주는 할머니는 오히려 정임을 위로해 주었다.

"세상이 언제꺼정 이럴라든가. 애들을 봐서라도 맘 단단히 묵소, 잉."

아무 힘없는 할머니의 말이었지만, 그것은 벼랑 끝에 선 사람에게 커다란 용기를 주고도 남았다.

남편의 생사(生死)는 알 길이 없는 채 하루 이틀을 지나면서 11
월 말일 쯤 되었을 때였다.

그날 따라 밖에는 흰 눈이 펑펑 쏟아지고 있었다. 그 속에 아버
지의 모습이 불쑥 나타났다.

"아무 일 없었냐?"

자식이 무엇이기에 아버지는 그처럼 불편한 목발을 짚은 채 그
쏟아지는 눈 속 길을 멀다 않고 찾아오신 것이었다.

"어쩌자고 이 눈길을······."

"궁금해서 왔다. 어젯밤 꿈자리도 이상하고···. 그래, 시종지서에
볼 일이 있어 나선 길에 들렀지. 방이 냉골이구나."

"땔나무를 봄까지는 애껴야 헝께···."

"그러겄지, 어린 것들 감기 안 들게 조심혀라. 그럼 나는 바빠서
가 볼란다."

그리고 아버지는 대문을 나서면서 뒤가 돌아보이시는지 불편한
몸으로 돌아보고 또 돌아보시면서 시종지서로 향했다.

그러나 그것이 이 세상에서 마지막 보는 아버지의 모습이 될 줄
은 꿈에도 생각지 못했다.

그 삼일 후였다. 아버지가 돌아가셨다는 비보가 날아들었다. 그
날 아버지는 꿈자리가 이상해서 들렀다고 하셨었다. 그런데 그 꿈
은 아버지가 당해야 할 흉상을 예고해 준 것이었다.

아버지는 그날 시종지서에 친척이 붙잡혀 있다는 소식을 듣고
만나보러 가신다고 했었다.

　그런데 6.25전쟁이 한창일 때 산사람 유격대로 있으면서 후퇴 당시 밤마다 집에 내려와 밥을 지어달라고 보채서 먹고 다니던 사람이 있었다.

　그런 그 사람이 누구의 입김으로 어떻게 변신하고 그 지서에 일하는 사람으로 들어올 수 있었던 것인지 알 수 없는 상태로 그 지서에서 아버지를 만나게 된 모양이었다.

　그는 아버지를 보자 자신의 지난 신분 이력이 드러날 것을 우려하고 아버지를 끌어다가 사정없이 두들겨 패서 숨을 거두게 한 것이라고 했다.

　그것은 분명히 아무 죄 없는 사람을 무고하게 죽인 직권남용에 해당되는 것이었지만, 그처럼 어수선한 시대상황에서는 그러한 횡포조차도 묻어 넘어갈 수밖에 없었다.

　비참한 아버지의 죽음이었다. 아버지의 시체를 산기슭에서 거두어 장례를 치루면서 정임은 아버지를 죽인 원수를 향해 이를 갈았다. 하지만 남편과 함께 빨갱이로 주목받고 있는 처지에서는 달리 어찌해 볼 방도가 없었다.

　그런데 뜻밖에 또 생각지도 않은 비보가 날아들었다. 줄초상이라더니 동생 차임의 신랑 임인찬 형사가 마산유격대 잔당 토벌작전에 나갔다가 기습을 받고 전사했다는 비보였다. 동료 한 사람이 그의 시계와 명찰을 전해 주고 갔다고 했다.

　하늘이 무너지고 땅이 꺼지는 듯 몸부림을 치며 울음을 푸는 동생 차임과, 그 아픈 마음을 같이 하고 있는 정임의 식구들이었다.

줄초상을 치루고 난 그 며칠 후였다.

아침 일찍 지서 순경이 집으로 찾아왔다.

또 무슨 일인가 하고 곱지 않은 눈빛으로 대했을 때였다. 순경이 퉁명스럽게 말했다.

"지서까지 같이 가 주셔야겠습니다."

속이 뒤틀렸다.

정임은 용화를 들쳐 업으면서 말했다.

"끈 떨어진 낙동강 오리알 신센데 열 번을 불러도 가야겠지요. 흐흥!"

정임은 지서로 가면서 수복은 옆집 할머니에게 부탁했다.

지서에 불려간 정임은 다시 유치장에 갇힌 신세가 되고 말았다.

수감생활 삼일째 되는 날이었다.

유치장 앞에 웬 낯선 순경 한 사람이 서서 정임을 찾았다.

"월룡리에서 온 정정임씨 있으면 나오시요."

"전데요."

"애기 업고 따라 오시요."

애기를 업고 나오라니, 사뭇 궁금했다. 그런데 그의 다음 말이 정임을 놀라게 했다.

"그 동안 고생이 많으셨소. 저를 따라 어머님이 계시는 신북지서로 갑시다."

"누구신데 저를……."

"저는 신북지서에 근무하는 이승철이라 합니다. 그 쪽에서는 저를 모르시겠지만, 저는 몇 번 뵈었고, 또 임형사를 통해서 잘 들어 알고 있지요.”

그런데 왜 그처럼 친절을 베푸는 것이냐고 정임은 묻고 싶었다. 하지만 생각과는 달리 불쑥 엉뚱한 말이 튀어나갔다.

“누가 까마귀고 누가 백조인지를 모르는 무서운 세상이라서…. 죄송해요.”

자신의 신분을 감추기 위해 정임의 아버지를 시해(弑害)한 사건이 떠올랐기 때문에 튀어나간 말이었다.

“듣기가 좀 거북하네요. 그러니까 순경도 못 믿는 세상이다, 뭐 이런 말씀 같은데, 핫, 핫, 하……”

정임은 그 여유 있는 웃음과 친절에 마음이 조금은 놓이면서 사정조로 말했다.

“저…. 잠깐 집에 들러서 애기 갈아입을 옷 좀 챙겨서 내일 가면 안 될까요?”

“안 될 것도 없지요. 그럼 저는 내일 신북지서에서 기다리고 있을 테니 천천히 준비해서 오시지요.”

도무지 사무적이지 않은 이 순경의 친절과 배려에 조금은 뜨악해지면서도 한 편으로는 그 또한 동생 차임의 신랑 덕분이라고 고마워하면서 마음이 놓였다.

이승철 순경과 헤어져 집으로 돌아오는 산길에는 아직도 수습되지 않은 주인 없는 시신들이 그대로 처참하게 버려져 있었다.

그 시신들의 모습이 살아 숨만 쉬고 있다는 이름뿐인 자신의 신

세와 크게 다를 것이 없게 느껴지면서 자조의 헛웃음이 나왔다. 그
야말로 천길 만길 절벽 위에 서 있는 것 같은 심정은 죽은 시체도
무섭다고 느껴지지 않았다.

죽은 시체나, 죽지 못해 아직 살아 숨을 헐떡이고 있는 자신이
나, 앞에 가고 뒤에 가는 그 차이일 뿐이라는 생각이 담담하게 시
신을 바라볼 수 있게 했다.

정임은 다음날 임시로 갈아입을 옷 몇 가지를 대충 챙겨 들고 아
이를 등에 업고 신북지서로 향했다.

그리고 순경 이승철을 찾았을 때였다.

그는 기다리고 있었던 듯 반가운 얼굴로 말했다.

"먼저 식구들을 만나 보시지요."

"그래도 되겠어요? 또 유치장 신센지 알았는데……."

"염려 묶어 두시고 식구들이 기다리고 있을 테니 어서 가보시
요."

"고맙습니다. 그럼……."

뜻하지 않게 친절한 이순경의 말이 더 없이 고맙게 느껴지면서
정중하게 인사를 하고 어머니가 기다리고 있다고 가르쳐 주는 집
으로 들어갔다.

어머니는 차임의 남편 임형사가 죽고 난 다음 지서와 붙어있는
옆집에 조그만 셋방을 얻었다고 했다. 식구들 모두가 거기 모여 앉
아 기다리고 있었다.

단칸 셋방에는 무슨 일인지 집안 친척 어른들, 숙부, 대부, 아저

씨, 아주머니까지도 와서 있었다.

정임이 온다고 해서 찾아 왔을 리는 없고 분명히 무슨 일이 있는 것 같았다. 그 이순경이 정임의 뒤를 따라 방으로 들어와 앉으면서 말했다.

"일반인들 자수는 깨끗이 잘 끝났으니까 이제 안심들 하셔도 됩니다. 문제는 전과 기록에 올려 있는 성창조씬데."

그리고 그는 정임의 낯 기색을 얼핏 한 번 살피고는 다시 말을 이었다.

"이제 성창조씨만 석방시키면 제가 한 약속은 지켜 드린 셈입니다."

그가 말하는 어투로 보아 뭔가 집안 어른들과 그 어떤 묵계적인 약속이 있는 것 같았다. 어머니가 다짐하듯이 되짚어 물었다.

"정말 석방시킬 수 있겠소?"

"기다려 보시지요. 손을 써놨으니까요."

"제발 그렇게 돼야 할 것인디……."

어머니는 그 말을 하고 정임을 돌아보면서 말했다.

"느그 서방 창조 죽으면 너도 따라 죽어라, 알았냐?"

어머니의 그 말은 사뭇 강압적이었다.

어쩌면 이순경과의 그 어떤 묵계적인 약속에 책임을 무겁게 지워주고자 하는 말 같기도 했다.

그러자 대부 아저씨가 정임을 대신해서 말했다.

"사람부터 살려 놓고 봐야지 않겠는가."

어른들은 그 이순경과의 사이에 알 수 없는 그 어떤 묵계의 약속
이 분명히 있는 그런 느낌을 주었다. 어머니가 거처하고 있는 셋방
으로 찾아온 친척들은 정임이나 마찬가지로 그 당시 본의 아니게
공산당원에 입당하고 협조하는 시늉이라도 할 수밖에 없었다.

그런데 다시 세상이 뒤집어지면서 자수를 하지 않으면 안 되는
어처구니없는 상황이 온 것이다. 그 친척들이 자수를 하는데 어머
니가 그 중개 역할을 하게 되면서 이순경을 통해 정임도 유치장에
서 나올 수 있게 해준 것이 틀림없었다. 그것이 다급해진 상황에서
만들어낸 어머니의 지략이었다.

그처럼 어수선한 당시의 분위기 속에서 어머니와 식구들은 밤에
는 지서 초소로 가서 지내고 낮이면 셋방으로 오고 가며 지냈다.
그때까지만 해도 북으로 퇴로가 막힌 산사람들이 밤에는 가끔씩
동네에 출몰했었기 때문이다.

그 이튿날 밤이었다.

그 이순경이 바쁘게 뛰어 들어와서 말했다.

"본서에서 오는 길이요. 성창조씨는 그 명단에서 뺐습니다. 칠십
명 중에서 한 사람만 살게 된 셈이지요."

"참말이요?"

"약속은 틀림없이 지킨 겁니다. 허허허…."

"수고하셨네요. 그럼 그 사람 지금쯤 집으로 돌아왔겠네요."

"그럴 겁니다. 확인해 보시지요."

그 말을 들은 어머니는 안도의 숨을 내쉬었다. 그리고 이튿날 아

침 일찍 길을 나서면서 말했다.

"여그 있거라. 내 가서 눈으로 직접 확인해 봐야겄다. 좀 늦을지 모르겄다. 느그 집도 가보고 또 느그 시집도 가보고 와야 쓰겄응께."

"제가 가면 안 돼요?"

뭔가 느낌이 이상해서 물었다.

그러자 어머니는 고개를 흔들면서 말했다.

"너는 눈치도 없냐? 이 난리굿판에 빨갱이로 사형당할 뻔했던 사람 살려낸 것만 해도 그런데 거그다가 주목 받고 있는 너까지 이 판에 둘이 만나서 어쩌자고, 못 죽어서 환장했냐?"

듣고 보니 그도 그랬다.

어머니가 어설픈 생각하지 말라는 듯이 다시 말했다.

"세상이 어지러우믄 눈치껏 살아야 허는겨. 애들 애비 살려낸 것만 다행이다 생각허고…."

그 모든 일은 그처럼 어지러운 시대상황에서 어머니가 만들어낸 지략이었고, 그것이 격동의 시대 여자 혼자 몸으로 오남매를 키우고 가르치면서 살아온 어머니의 모성애이었음을 다시 또 보여준 것이었다.

이순경의 말을 확인하기 위해 집을 나간 어머니는 날이 어둑해서야 들어왔다. 얼굴에 화색이 돌고 있었다.

이윽고 어머니는 입가에 안도의 미소를 띠우면서 말했다.

"성서방 느그 집에 와 있더구나. 군에 입대하겠다고 그러드라."

"입대하겠대요?"

"언제 또 붙잡혀 갈지 모르는디 그럼 어쩌겠어. 그 길만이 상책이지. 너 한 번 만나보고 갈 수 없냐고 해서 내가 대답을 안 했다. 이 판에 만나서 좋을 것이 없웅께."

"그래도……."

"그만 두어. 새끼들 애비 죽어 없는 것보다 살아 있는 것만으로도 고마워하고……."

어머니의 말은 경찰들로부터 주목을 받고 있는 부부인 만큼 만나지 않는 것이 서로를 위하는 길이라는 말인 듯했다.

시대를 잘못 만난 것이 죄로 부부가 얼굴조차 대할 수 없는 것이 억울하고 분했다. 하지만 어머니의 말에 따르는 수밖에 다른 도리가 없었다.

"참말로 창살만 없는 감옥이네. 쿵!"

정임이 투덜대는 그 창살 없는 감옥 생활도 그 해가 바뀌어 1952년이었다. 남의 집 셋방에서 친정 식구 합쳐 아홉 명이 정월 새해 아침을 맞았다.

그 동안 생활은 어머니가 꾸려가고 있었다. 그러는 데는 이순경의 남다른 친절도 그 한 몫을 했다. 이순경은 축음기까지도 갖다 놔 주면서 식구들을 즐겁게 해 주려고 했다.

그 호의에 식구들 모두가 고마워했고, 그 축음기가 있는 바람에 순경들이 심심하면 들락거리면서 놀다가 식사도 함께 하곤 했다.

그때 해군 일개 소대가 신북면에 들어와서 주둔하게 되었다. 그래서 그 해군들 중에서도 식구들이 피란처로 삼고 있는 셋방을 들락거리며 놀다 가는 사람이 있었다.

특히 전승일이란 해군은 남편 잃은 동생 차임을 마음에 두고 다니는 눈치였다. 그러는 동안 정월도 지나고 3월 중순이 넘었을 때쯤이었다.

어느 날 오후, 정임은 식구들 저녁 반찬거리를 만들기 위해 아이를 데리고 저만치 보이는 동네 밭두렁에서 이제 막 파릇하게 돋아오는 봄나물을 캐고 있었다.

그때였다.

팔촌인 일구 오빠가 정임을 부르며 허둥지둥 쫓아와 가쁜 숨을 몰아쉬며 말했다.

"어이! 어서 집에 가보소. 차임이가 총에 맞았네."

"총에 맞다뇨?! 죽었어요?"

대답을 못했다.

아찔했다. 정임은 나물바구니를 그대로 던져 버린 채 아이를 등에 업고 정신없이 대문을 들어섰을 때였다.

헌병이 방에서 웬 젊은 사람을 끌고 나왔다.

"어?…."

그는 분명히 동생 차임을 넘보고 다니던 해군 병장 전승일이었다.

정신없이 방으로 뛰어 들어갔다.

동생 차임은 이미 가슴에 총을 맞아 피를 흘리고 죽어 있었다.

어수선한 방안 분위기를 보아 강제 겁탈에 반항하다가 총을 맞은 것이 분명했다.

"이럴 수가!"

정임은 이미 제정신을 잃고 있었다.

밖으로 뛰어나와 헌병 아저씨 옆구리에 차고 있는 권총을 그대로 뽑아들었다.

그리고 동생을 죽인 그 원수 같은 놈을 향해 소리쳤다.

"이 죽일 놈아! 어서 우리 동생 살려내 어서! 흑흑…."

헌병들이 급하게 막아서며 만류했다.

"진정하시오. 이런다고 죽은 사람이 살아날 것도 아니고 괜히 다칩니다. 이 자는 우리가 알아서 처치할 겁니다."

틀린 말이 아니었다. 정임은 손에 뽑아 들었던 총을 그대로 던져버리고 풀썩 주저앉아 땅을 치며 울었다.

"아이고~ 아이고~, 불쌍한 우리 동생, 잘 생긴 것도 허물인가. 넘나보고 댕기더니 이 날강도 같은 놈아! 어서 우리 동생 살려내라, 아이고~. 하늘도 무심하시지, 흑흑 흑…. 그 쪼매 살라고 이 모진 세상에 태어났는가~. 흑흑…."

그러나 정임의 그 울음을 뒤로 한 채 동생을 죽인 해군 전승일은 헌병들의 손에 붙잡혀 고개를 숙인 채 저만치 끌려가고 있었다.

그토록 억울한 동생의 죽음 그 뒷자리에서 통곡하고 있을 때였다.

"차임이가 총에 맞다니, 뭔 소린겨?"

천연두 약을 구하러 밖으로 나갔던 어머니가 동네에 퍼진 소문을 듣고 제정신이 아닌 듯 쫓아 들어왔다. 그리고 비참하게 죽어 있는 딸의 모습에 망연자실한 채 할 말을 잃은 듯 멍해져 버렸다.

정임은 그런 어머니를 붙들고 몸부림을 치며 통곡했다.

"하늘도 무심하시지, 어쩐다고 저 불쌍한 것을…. 흐흑, 흑흑 흑……."

그러나 어머니는 억장이 무너진 듯 눈물조차 보이지 않았다. 그러다가 얼마만에 눈물을 안으로 삼키면서 겨우 입을 열었다.

"그래, 차라리 이 험한 세상, 이꼴 저꼴 안 보고 일찍 잘 갔다. 어쩌끄나, 어미 없는 저 불쌍한 것을…."

어머니는 딸 차임이가 이 세상에 왔다 간 흔적처럼 남겨 둔 세상 모르는 딸아이를 내려다보며 소매 끝으로 눈물을 찍어냈다. 그처럼 비참하게 스물한 살 나이로 세상을 떠난 동생 차임이었다.

그러나 식구들이 울음을 푸는 초상(初喪) 마당은 동생 차임으로 끝나지 않았다.

그때 천연두 병을 앓고 있던 차임의 딸이 그날 밤 죽은 엄마의 뒤를 따라 조용히 숨을 거두었다. 줄초상이었다.

참으로 그토록 비통한 눈물을 삼키며 모녀의 시신(屍身)을 거두고 난 그 며칠 후였다.

검은 먹구름이 다시 몰려 왔다.

난데없이 목포 철도경찰이라며 형사들이 어머니를 찾았다.

"무슨 일인데 목포경찰서에서 우리 어머니를 찾죠?"

정임이 물었다.

"가 보시면 압니다. 어이, 압송해!"

압송이라니, 기가 딱 막혔다. 무슨 죄목으로 목포경찰서에서 어머니를 압송해 가는 것인지 도무지 영문을 알 수가 없었다. 어머니도 영문을 모르겠다는 표정이었다. 어쩔 수 없이 어머니는 그들을 따라나서면서 말했다.

"죄 없는 사람 죽이기야 할라드냐, 갔다 오마."

정임은 어머니가 경찰에 압송 당해 가다니, 기가 막혀 할 말을 잃고 멍하니 앉아 있었다.

그때였다.

이순경이 대문 안으로 모습을 나타냈다. 구세주처럼 반가웠다. 대뜸 붙들고 다급해진 사정을 말했다.

"어떻게 하죠? 금방 목포 철도경찰이라면서 어머니를 압송해 갔지 뭡니까."

"목포 철도경찰이라니? 내 본서에 가서 알아보고 오리다."

그 말을 뒤로 하고 이순경은 바쁘게 대문 밖으로 사라졌다.

그 몇 시간 후였다.

시종지서에서 나왔다는 순경이 정임을 보고 말했다.

"같이 가 주셔야겠습니다."

"무슨 일로?"

"저야 뭘 압니까, 지시가 내려서…. 저 아이도 업고 오랍니다."

아이까지도 챙기는 출두 명령이라니, 조금은 이상한 느낌이 들었다.

"날씨도 춥고 한데 아이는 왜?"

"잘은 모르겠지만 아버지 쪽에서 보내달라고 부탁한 모양입니다."

"아니, 나 몰라라 하고 살던 사람들이 갑자기 무슨 맘을 묵고 손자를 찾는다죠?"

"제가 압니까?"

아무튼 기분이 별로 좋지 않았다. 아이를 들쳐 업고 시종지서에 도착했을 때는 으스름 해질녘이었다. 유치장에 수감이 되고 저녁밥이 들어왔을 때였다.

그런데 이게 웬일인가. 들여온 저녁밥이 뜻밖에도 진수성찬이었다. 눈이 휘둥그레졌다.

유치장 안으로 진수성찬이 들어오다니, 도무지 영문을 알 수가 없었다.

그런데 다음날 아침이었다.

뜻밖에 시어머니와 시동생이 지서 유치장으로 면회를 왔다. 참으로 오래간만에 대하는 시집 식구들이었다. 그런데 다음 시어머니의 말에 그만 또 어리둥절해지고 말았다.

"니 고생하는 건 안다만은 그래도 그렇지. 돌도 안 된 저 어린 것을 어쩌라고…. 순경들이 찾아와서 데려가라기에 깜짝 놀랬다."

"네? 그게 무슨 말씀이세요, 저는."

도무지 갈피를 잡을 수가 없었다. 시어머니가 다시 사정하듯이 말했다.

"니 어려운 건 안다만은 두 달만 더 데리고 있으믄 안 되겠냐? 날
씨라도 풀리믄 데려갈 테니까…."

기가 딱 막혔다. 분명히 누군가 중간에서 일을 만든 사람이 있는
것 같았다.

그때 퍼뜩 뇌리를 스치는 사람이 이순경이었다.

대뜸 옆에 서 있는 순경 아저씨를 보고 물었다.

"이승철 순경이 꾸민 일이지요? 그렇죠?"

그 물음에 순경은 아무 대답을 못했다. 그리고 입가에 묘한 웃음
을 짓고 돌아섰다.

'그랬구나.'

평소에 정임에게 보내오던 이승철의 그 미묘한 웃음이 떠오르면
서 이승철이 그 일을 꾸민 것이라는 생각이 들었다.

마치 희롱을 당하고 있는 것 같은 기분이 더없이 불쾌했다. 물론
그의 주선으로 친척들의 자수가 이유 없이 받아들여졌고, 또 정임
과 남편 창조까지도 무사히 방면되었다고는 하지만, 정임을 넘나
보고 꾸미는 이번 일은 너무나 치사한 방법이라는 생각이 들었다.

생각 끝에 지서 주임 면회를 자청했다.

그리고 따지듯이 물었다.

"이럴 수가 있어요? 세상이 아무리 변해도 그렇죠. 사람이 각자
나름대로 인격이란 것이 있는데 아이를 이런 방법으로 떼놓으려
고 하다니요. 이게 말이나 됩니까?"

그러자 주임은 꼭 집어서 누구라고 말하지 않고 옆으로 살짝 비켜서 말했다.

"거 참, 한 물에 몰지 마시오. 사람이 천층 만층 구만층이라잖소. 그런 사람이 있는가 하면, 저런 사람도 있는데 어쩌다가 질이 안 좋은 사람 장난질에 걸린 것 같소. 잊어버리고 어서 집으로 돌아가시요."

정임은 이순경 그 사람으로부터 놀림을 당한 기분이었다. 본서에 어머니의 일을 알아보고 온다고 한 사람이 밖에서 이런 수작을 꾸미다니, 생각할수록 배신감이 들면서 불쾌했다.

하지만 그 배신감을 밖으로 표출할 때가 아닌 것 같았다. 목포로 압송된 어머니의 생사를 알기 위해서는 그의 비위를 거스를 수 없다는 생각이 들었기 때문이다.

며느리의 부탁이 아니라는 것을 알게 된 시집 식구들은 어이없다는 듯이 그냥 돌아갔다. 그리고 유치장 안으로 아침밥이 들어와 먹고 있을 때였다.

이승철이 야릇한 웃음을 입가에 흘리면서 모습을 나타냈다.

지서 주임으로부터 어떤 말을 들은 것 같았다. 엄마 곁에 바싹 붙어 앉아있는 용화의 머리를 멋쩍게 쓰다듬어 주면서 말했다.

"큰일 날 뻔했구나. 어떤 나쁜 사람이 엄마한테서 너를 떼어놓으려고 그런 모양인데……"

그 속이 훤히 들여다보이면서 원망 묻은 말이 불쑥 튕겨져 나갔다.

"그럼 이 순경님은 전혀 모르는 일이었단 말인가요?"

"본서에 갔다 온 사이에 이런 일이 생겼지 뭡니까. 헛, 헛, 헛."

그는 민망했던지 헛웃음을 껄껄 웃었다.

그리고 그 분위기를 바꾸려는 듯 바쁘게 채근했다.

"아가야, 집에 가고 싶지? 아저씨가 데려다 줄께 어서 일어나, 가자."

정임은 속으로 코웃음이 나왔다. 가슴 밑바닥에서 '이 야비한 놈아, 누가 모를 줄 알고? 흐흥!' 하는 소리가 목구멍까지 올라왔다가 내려가면서 목젖을 간지럽혔다.

집으로 돌아왔을 때였다.

그는 자신이 꾸며낸 일이 민망스러웠던지 바쁜 척 일어나면서 말했다.

"어머니 일은 본서에서도 무슨 영문인지 아직 확실히 모르는 것 같아서 더 알아보고 올 테니 그리 아시오."

그의 말을 이제는 더 믿고 싶지도 않았다. 정임은 생각 끝에 아이들을 잠시 시집에 맡기고 목포로 직접 가서 알아보기로 작정을 하고 이튿날 아침 집을 나섰다.

시집에 그 사정 이야기를 하고 아이들을 잠시 맡아달라고 부탁했다. 그리고 그 길로 목포로 향했다.

목포경찰서에는 어머니와 친척뻘 되는 아저씨 윤형사가 있었기 때문이다.

정임이 윤형사를 찾아갔을 때는 출장 중이라고 했다.

언제 출장에서 돌아올지도 모르는 윤형사를 마냥 기다리고 있을 수만은 없었다.

허탈하게 다시 집으로 돌아오는 걸음은 끝없이 흘러 내리는 눈물에 앞이 보이지 않았다.

집에 도착했을 때였다.

서글픈 동생들의 눈망울이 어머니의 소식을 갖고 올 언니를 목을 빼고 기다리고 있었다. 그 처량한 모습들이 정임의 눈에서 왈칵 눈물이 쏟아지게 했다.

"어쩌끄나, 이 불쌍한 것들. 흐흑, 흑……."

"엄니는? 흑, 흑흑……."

대답도 할 수 없는 채 서로를 부둥켜안고 얼마를 울었을까. 그때였다.

이승철이 방문을 열고 고개를 내밀었다. 누구 한 사람 걱정해 주는 이 없는 절터 같은 집으로 그래도 고개를 내밀어 주는 이순경이 그때만큼은 어찌됐건 고맙고 반가웠다.

이승철이 밖에서 알아보고 왔다는 어머니의 소식은 청천벽력 같은 것이었다.

어머니가 목포경찰서로 압송된 죄목은 6.25 전쟁이 일어나고 동네 인민공화국 깃발이 펄럭일 때였다.

동네 60세가 넘은 할머니들을 제외한 젊은 부녀자들은 그들 공산당원들에게 모두 협조를 하게 했었다.

그때 살아남기 위해서는 모두가 그 몸짓 시늉만이라도 해야만 했었다. 그래서 어쩔 수 없이 어머니 역시도 그들의 요구에 따라 인민재판에도 나가고 했었던 것인데 그것이 빌미가 된 것이었다.

그 당시 외갓집으로 먼 친척뻘 되는 강형사가 외갓집과 재산관계로 다투고 있던 중 마을에 공산당원들이 들어오면서 인민재판에서 사형 언도를 받았었다.

그런데 어이없게도 그 누명이 새삼스럽게 어머니에게 씌워졌다는 것이다.

그러니까 그때 인민재판에서 사형을 언도 받았던 강형사 가족이 목포에 살면서 그쪽 경찰서에 고발장을 제출했기 때문에 어머니가 목포로 압송되어 간 것이라고 했다.

그가 조심스럽게 들려주는 다음 어머니의 근황은 절망 바로 그것이었다.

"고문이 심했던 모양이요. 목포에 당도해서 압송해 가던 경찰들이 운송하는 배안에서 어머니와 입씨름이 붙었던 모양입디다. 그러니까 어머니는 강형사 죽은 것은 자신과 무관하다는 것이고, 형사들은 가족들 고발이 들어왔는데 무슨 변명 같은 소리를 하고 있느냐고 티격거리다가 형사 둘이 주먹질을 해대니까 그만 물로 뛰어들었다는 거요."

"네? 엄니가 바닷물로?"

어머니가 바닷물로 뛰어들었다니, 죽었구나 싶었다. 숨이 콱 막혀 오면서 정신이 아찔했다.

"그래서 어떻게 됐어요?"

정임은 그 앞으로 다가앉으며 다시 되물었다.

"형사들이 물로 뛰어들어 살려낸 모양입니다. 그래 목포경찰서에 가서 알아봤는데 이삼일 후면 재판 판결이 날 것이라고 합디다. 손을 써 뒀으니 그리 아시오. 판결이 나면 면회가 될꺼요."

어머니가 살았다는 소식만 들어도 살 것만 같았다. 그러면서 그처럼 소상한 어머니의 소식과 함께 거기에 손을 쓰고 왔다는 이승철이 마치 지옥에서 만난 구원의 사자처럼 눈물이 나도록 고마웠다.

그 고마움에 정임은 마침내 남편 성창조를 뇌리에서 지워 버린 채 그 며칠 후 이승철이 이성(異性)으로 대해 오는 눈빛 몸짓에 그대로 몸을 맡기고 말았다.

어쩌면 그 길만이 길바닥에 버려진 식구들이 살아남을 수 있는 유일한 구원의 길이라고 생각했기 때문이다.

그것이 어지러운 시대에 태어나 시절 따라, 인연 따라 흘러갈 수밖에 없었던 가냘픈 여자의 운명이었다.

여자의 무덤

격동의 시대, 그처럼 무덤 속 삶에 소복녀의 울음을 울어야 했던 정임은 그토록 절박한 상황 속에서 어쩔 수 없이 이승철 순경과 인연을 맺게 되면서 그로부터 부부처럼 함께 생활을 하기 시작했다.

정임의 어머니는 재판 결과 7년 형 선고를 받고 형무소로 넘어갔고, 그로부터 의지할 곳 없는 식구들은 그에게 매달릴 수밖에 없었다. 믿음이 가지 않던 이승철 순경이 남은 식구들의 보호자가 된 셈이었다.

어느 날 근무를 마치고 들어온 승철이 심드렁하게 말했다.

"이제 장모님이 형무소로 넘어갔으니 면회가 될 거요. 그런데 돈이 있어야 무슨 일을 하지. 월급 가지고는 식구들 생활도 겨우 해나갈 형편이니…. 할 수 없이 며칠 전에 사표를 냈는데 접수됐다고 하니까 그리 아시요."

"어, 어쩌려고?"

"장사를 하던가 해야지. 이래가지구서야 원……."

순간 정임의 가슴이 답답해 왔다. 그가 무슨 생각으로 경험도 없는 장사를 시작한다는 것인지, 만약 손해라도 보게 된다면 그를 의지하려 했던 식구들의 생활은 막막해질 수밖에 없는 일이었다.

눈 앞이 다시 캄캄해지면서 오면서 정임은 혼자 중얼거리듯이 말했다.

"돈 떨어지면 어머니 면회도 못할 텐데."

"걱정 말고 당신은 내 하는 대로만 따라 주시오."

그리고 승철은 날을 잡아 어머니 면회를 함께 다녀오자고 했다.

어머니가 형무소로 떠나신 지 1개월만이었다. 그러나 그때 정임은 심한 가슴앓이로 음식을 제대로 먹지 못했었다. 그런 관계로 힘이 없어 도저히 집을 나설 수가 없었다.

정임은 동생 삼례를 불러 놓고 말했다.

"삼례, 니가 언니 대신 갔다 와야겠다. 다행히 목포에 사촌 이모님이 발이 워낙 넓은 분이라서 전에 어머니가 장사 다니실 때도 그 이모 도움을 많이 받았다고 하드라. 목포에 도착하는 즉시 먼저 찾아뵙고 의논드려라."

정임은 그 당시 정신적으로 겪는 고통에 시달려 탈진되어 있었다.

이윽고 동생 삼례가 승철과 함께 면회를 떠난 지 며칠 후였다. 어머니 면회를 하고 돌아온 삼례가 생각했던 것보다 반가운 소식을 들고 왔다.

"언니야, 걱정 많이 했지? 그런데 그 이모님이 마당발이시드라 구. 지방 유지급들하고 거의 통하니까 손을 써보겠다고 하셨어. 그 래서 앞으로는 면회도 이모님이 하시겠다고 자주 오지 말고 동생 들이나 잘 돌보라고 하셨어. 언니 몸 걱정이나 하라고 하시면 서……."

"그래, 니가 수고했다. 하늘이 무너져도 솟아날 구멍이 있다더 니…. 어머니 건강은?"

"원체 강건하신 분이잖아. 걱정 말고 동생들이나 잘 돌보고 있으 래."

정임은 그 소식만 전해 들어도 일단은 마음이 놓였다.

하지만 언제까지 그 많은 식구가 직장도 그만둔 승철에게 전적 으로 기대며 살 수는 없다는 생각이었다.

어머니가 형무소에서 나오실 때 나오시더라도 일단은 가족을 나 누어 생활하기로 결정했다. 비록 아버지는 돌아가셨지만, 오형제 인 아버지 몫의 분배 농토를 할머니와 숙부들이 맡아서 짓고 있었 기 때문에 동생들을 보내는 것이 옳을 듯싶었다.

그래서 넷째인 여동생 사례만 남아 있기로 하고, 어머니가 출옥 하실 때까지만 삼례와 남동생 호인, 호표, 그리고 막내 여동생 오 례 등 4남매는 할머니 댁으로 가서 생활하기로 하고 입 식구를 줄 였다.

그러나 검은 구름은 끝내 정임의 주위를 떠나지 않고 맴돌았다.

어느 날 또 다른 검은 그림자가 나타나 다시 마음을 어둡게 했다. 정임의 또래쯤 되어 보이는 한 여인이 불쑥 집으로 찾아와서 두리번거리며 물었다.

"여기가 이승철씨가 머물고 있다는 집 맞죠?"

"그런데요, 왜 찾으시죠?"

정임은 순간적으로 예감이 이상했다. 그 여인은 언뜻 보기에 임신 8, 9개월쯤으로 힘이 들어 보였다. 그녀가 불룩한 배를 당당하게 내보이며 정임을 보고 다시 물었다.

"그 인간 지금 어딨죠?"

"……. 댁이 뉘신데 그 인간이라뇨?"

"역시 소문대로 댁이 그 인간하고 동거한다는 분이 맞나 보죠? 기가 막혀서…."

그 말에 정임은 순간적으로 움찔해졌다. 그의 부인이 아니라면 그처럼 당당하게 찾아와 감히 그 인간이라고 폄하하여 말할 수가 없기 때문이다.

마주대하는 입장이 곤혹스러워지면서 그녀를 무슨 말로 어떻게 대할지가 난감해졌다.

그런데 그 여인은 묻지도 않은 말을 털어 놓기 시작했다.

"놀래지 마세요. 댁이나 내나 따지고 보면 그 인간한테 속고 있는 피해자라는 생각에 이렇게 찾아왔답니다."

"피해자라뇨?"

"말씀드리지요. 저 이름은 도화라고 해요. 난리통에 남편을 잃고

두 살짜리 아들 하나를 데리고 살 길이 막연해서 어쩔 수 없이 영
산포 어느 술집에 나가 일을 하게 되었지요. 그때 그 인간을 만나
인연을 맺고 살림을 시작했답니다. 그 동안 진 빚도 갚아주고 해
서…. 그런데 어느 날 우물에 가서 물을 길어가지고 오는데 방에서
아이 울음소리가 자지러지게 나서 방문을 열고 보니 아이 사타구
니 밑에서 피가 흘러 나오는 거예요. 놀래 뛰어들어가 봤더니 기가
막혀서…. 글쎄, 면도칼이 아이 꼬추 밑에 꽂혀 있지 뭡니까. 그런
데도 그 인간은 자는 척 누워만 있잖겠어요."

"그래서요?"

정임은 그녀의 솔직한 이야기에 자신도 모르게 사이를 좁히면서
되물었다.

"면도칼을 치우고 이게 어찌된 일이냐고 따져댔죠? 그랬더니 벌
떡 일어나 면도칼을 잘못 건사해 놓고 그런다고 되려 머리 채를 잡
고 막무가내로 두들겨 패는 거예요. 그때는 너무 분해서 아픈 것도
몰랐어요. 그 인간이 어디 사람이에요?"

"그래서 애는 어떻게 됐어요?"

"그때 피를 너무 많이 흘려서 죽고 말았지요. 불쌍한 것이 어쩌
다가 팔자 사나운 에미를 잘못 만나가지고…. 원통하고 분한 마음
을 어디다가 다 얘기하겠어요. 그래 여길 찾아온 이유는 아는 사람
이 귀띔을 해 주드라구요. 여기서 새로 살림을 하고 있는데 댁도
아이가 있다면서요? 그 인간하고 함께 있다가는 저 같은 봉변을 언
제 또 당할지 모르니까 잘 알아서 하세요. 제가 시샘을 해서 온 게

아니고 사실을 말하고 부탁할 게 있어서 왔답니다. 내 뱃속에 그 인간 씨가 자라고 있는데 세상 밖에 나오면 불쌍한 것 없애 버린다는 것도 죄가 될 것이고 해서 어차피 그 인간과 인연을 맺은 것이라면 길러 주셨으면 하구요. 저야 어차피 이제 그 인간하곤 정도 떨어지고……."

그녀는 지나온 과거사를 털어놓으면서 어느새 눈물이 그렁해지고 있었다.

정임은 남의 일처럼 느껴지지가 않았다. 아니 자신의 일처럼 아프게 가슴을 파고들면서 무슨 말로 위로를 해야 할지, 서로의 처지가 난감하기만 했다.

얼마만에 가만하게 위로하듯이 말했다.

"기구한 것이 여자의 일생이라더니…. 그래도 댁은 내 입장보다 났네요. 없었던 인연으로 생각하고 언제든지 떠나믄 되니까…. 보시다시피 나 역시도 임신을 한 데다가 부모 없는 어린 동생들도 돌봐야 하는 처지라서 훌쩍 떠날 수 있는 몸도 아니고, 아무튼 그 아이를 내가 맡아 길러 주겠다는 대답을 지금 당장 내 입장에서는 할 수도 없고."

정임은 그렇게 밖에 말할 수가 없었다. 하지만 그러한 인격의 사람을 믿고 의지하며 살아야 한다는 데에 회의감이 몰려 왔다.

그만큼 도화라는 여자의 출현은 큰 충격을 안겨 주면서 정임에게 많은 생각을 하게 했다.

그와 인연을 계속하려면 무엇보다도 아들 용화를 시집 어른들에게 보낼 수밖에 없다는 생각이 들었다.

지난번 시동생과 시어른을 지서로 불러들여 아들 용화를 데려가도록 일을 꾸민 사람이었고 보면, 도화라는 여자가 당한 봉변이 전혀 남의 일처럼 느껴지지가 않았다.

그 여자가 다녀간 날 밤이었다.

승철은 여전히 무사태평한 얼굴로 들어왔다. 그 얼굴이 벌레처럼 보이면서 싸늘하게 물었다.

"당신 도화라는 여자하고는 언제 어떻게 만나 지낸 사이죠?"

"어, 어떻게 당신이 그걸……."

"이 세상에 영원한 비밀이 있는 줄 알아요?"

"비밀이라니? 으응, 그 별것 아니야. 남자가 그럴 수 있는 거지 뭐. 사호면 지서에 근무할 때 잠깐 곁눈 좀 팔았던 여잔데…. 그런데 그걸 당신이 어떻게?"

그는 뜻밖의 질문에 당혹스러운지 말을 더듬었다. 그 표정이 더없이 가증스러워지면서 목소리가 반음 높아졌다.

"그 도화라는 여자 곧 몸을 풀게 되는데 애 낳으면 나보고 기르라고 하고 갑디다. 이 일을 어쩌면 좋으냐구요?"

"뭐, 뭐야?! 그 누구 자식인지 내가 알게 뭐야? 재수 없을라니까 내 원……."

"……."

그야말로 그 여자의 배 속에 들어 있는 아이는 내 알 바 아니라는 식이었다. 그리고 승철은 공병 수송부대에서 4톤 트럭을 월부로 구입하여 장사를 시작하기로 했다면서 말했다.

"이제부터 당신은 집에서 다른 신경 쓰지 말고 운전수 밥만 해 주면 되는 거요. 다른 걱정 말고 알았소?"

말이 그쯤 되고 보면 모든 일을 그에게 맡기고 지켜 볼 수밖에 당장은 다른 방도가 없었다.

하지만 이미 도화라는 여자를 통해 그의 여성편력과 인간됨의 면모를 어느 정도 알게 된 이상 아들 용화를 그대로 데리고 있을 수만은 없다는 생각이었다. 어쩔 수 없이 아이를 시어른 댁으로 보내야만 했다.

아이를 떼어 보내던 날, 이제 세 살 난 아들 용화는 엄마를 떨어지지 않으려고 버둥대며 울었고, 시어른들은 발길 돌리는 며느리를 곱지 않은 눈으로 쳐다보며 인사조차 받지 않고 고개를 돌렸다.

그것이 시대를 잘못 타고 난 어쩔 수 없는 헤어짐의 운명이라고 매정하게 돌아서야 했던 걸음은 하늘도 땅도 보이지 않는 검은 먹빛 그대로였다.

"미안하다, 미안하다, 용화야! 흐흑……."

그러나 그 검은 먹빛 울음은 그로부터 얼마 후, 아들 용화가 젖배를 곯아 죽었다는 소식으로 핏빛 울음을 삼키게 했다.

정임은 자신의 기구한 운명을 한탄하며 곧잘 멍해지곤 했다. 그러면서 아들 용화를 출산하기 전 꿈이 다시 떠올랐다.

꿈에 목화밭에서 일을 하고 있었다. 그때 일곱 빛깔 무지개가 눈앞에 선명하게 세워졌었다. 너무나 신기해서 바라보다가 꿈을 깨었다.

그런데 그 용화를 출산할 때였다. 동네 어른 한 분이 꿈에 무지
개가 세워진 집을 따라와 보니 정임이네 집 방문 앞이었다며 아들
을 낳으면 장군이 될 징조라고 했다.

그런데 출산 3일 후였다.

대문 밖에서 목탁소리가 들려 내다봤을 때였다.

장삼을 두른 스님 한 분이 정임에게 말했다.

"아들을 출산해서 경사스러우시겠지만, 그 애를 제게 주시오. 그
아이는 세간에서 키울 아이가 아닙니다."

"무슨 그런 말씀을…."

정임은 얼굴을 돌리고 들어오면서 별 미친 중도 다 있다고 중얼
거렸었다.

그러나 동네 주위 사람들은 그 시간대에 그런 중을 본 일이 없다
면서 혹시 관세음보살이 현신했던 것이 아니냐고 말하기도 했었
다.

어쩌면 그런 것이었는지도 모른다는 생각이 뒤늦게 들었다. 그
때 그 스님에게 아이를 내어주었더라면 배곯아 죽지는 않을 것이
라는 생각에 뒤늦게 후회를 했지만 소용없는 일이었다.

그렇게 거듭되는 가슴앓이 속에 승철은 밖에서 장사를 한답시고
만취되어 돌아오는 날이 잦아지면서 점점 그 인격의 바닥을 드러
내기 시작했다.

"당신 말이야, 솔직히 말해! 그 빨갱이 당신 남편하고 연락하고

있지, 언제 만났어? 바른대로 말해!"

"생트집 잡지 말고 이제 싫으면 싫다고 해요. 괜한 사람 잡지 말고……."

"뭐야! 이년이 어디서 뭐, 생트집이라고?! 흐흐흐……."

그 야릇한 웃음과 함께 이윽고 주먹이 날아오기 시작했다.

"왜 이래요? 말로 해요, 말로. 아구구……."

"흐흥! 왜 이러냐고? 흐흐흐…. 내가 그 빨갱이 놈한테 너를 뺏길 줄 알어? 병신을 만들어서 앉혀 놓고 먹여 살릴 거다. 쿵!"

철면피 승철의 폭력은 날이 갈수록 심해져만 갔다. 그런 그의 눈빛은 분명히 그 어떤 비밀을 담고 있는 듯했고, 맑은 정신일 때도 예전과는 다르게 극히 사무적인 어투로 대했다.

그것은 어쩌면 여자만이 느낄 수 있는 그 어떤 직감 같은 것이기도 했다. 그의 움직임을 주시하면서 조용히 그의 그림자를 뒤따라 밟기 시작했다.

아니나 다를까, 그 느낌의 예감은 빗나가지 않았다.

여자가 하나도 아닌 둘을 걸쳐 놓고 오며가며 지내고 있었다.

한 여자는 시종지서에 근무하다가 6.25 때 전사한 유순경 부인이었고, 다른 한 여자는 장흥군에 살고 있는 면장 부인으로 미망인이었다.

그의 생활방식은 쉼 없이 그렇게 새로운 곳으로 옮겨져 흘러가는 물처럼 어느 한 곳에 정착할 줄 모르는 모습 그것이었다. 그의 무질서한 생활 모습에 문득 그때 지서주임이 하던 말이 생각났다.

"질이 안 좋은 사람한테 걸렸소."

그 씨앗이 뱃속에서 꿈틀거리고 있는 것이라니, 눈 앞이 캄캄해
왔다. 그처럼 어리석게 살아가는 사람과 시시비비(是是非非)로 끌
리며 살고 싶다는 생각은 없었다.

그 절망 앞에서 차라리 조용히 눈을 감고 그대로 눈을 뜨지 말았
으면 싶었다.

그러나 현재 처해 있는 상황이 어떤 경우라 하더라도 정임은 어
머니가 출옥하는 날까지는 참아야 한다고 입술을 다부지게 깨물
었다.

그토록 앞뒤 분별없이 어리석고 추잡한 승철의 행위 앞에 이제
와서 후회한들 무슨 소용이 있겠는가 싶었다. 차라리 못 본 척, 못
들은 척, 귓가를 스치는 바람처럼 대하리라고 다짐했다.

그처럼 자기만 알고 제 잘난 맛으로 세상을 휘젓고 다니는 사람
과 얼굴을 대하려면 참는 수밖에 다른 방법이 없을 성 싶었다.

하지만 생각할수록 거미처럼 하찮은 벌레에게 먹히도록 허용한
운명의 장난이 슬프기만 했다.

그런데 그처럼 슬픈 운명의 장난은 거기에서 끝나지 않았다.

남동생 호인을 광주 조선대학교 부속중학교에 입학시킬 때였다.
어머니가 만들어 놓은 이불을 팔아서 등록금을 마련할 정도였다.

그처럼 어려운 형편에 남동생은 신북에서 광주까지 24킬로나 먼
곳을 아침에는 버스를 타고 학교를 갔고, 집으로 돌아올 때는 걸어
서 오곤 했다.

그 동생이 할머니 댁으로 가지 않고 느닷없이 밤늦게 웬 아이를 등에 업고 기진맥진한 상태로 모습을 나타냈다.

"웬 일이냐, 니가?"

그러자 호인은 이마에 흐르는 땀방울을 손등으로 문지르며 울상으로 말했다.

"누나, 이 아이."

"이 밤중에 웬 아이는?"

"나도 모르겠어, 도화라는 여자가 학교 정문에서 기다리고 있다가 이 아이 승철이 아저씨 아이라며 누님한테 잘 길러 달라고 전하라고 하면서 가데요."

"뭐야?!…. 그 여자가?"

기가 딱 막혔다. 아니 갈수록 태산이라는 말은 이를 두고 하는 말 같았다.

억장이 무너져 말이 나오지 않았다. 아이는 세상 모른 채 잠이 들어 있었다.

정임은 어쩔 수 없이 등에 업힌 아이를 받아 안으면서 말했다.

"그래, 그 먼 길을 이 아이를 업고 왔다는 거냐?"

"그럼 어떡해? 옛다! 하고 안겨 주고 그냥 돌아서 가버리는 걸."

"기가 막혀서…"

물론 지난 번에 찾아와서 잘 길러달라는 말은 하고 갔지만, 참으로 어처구니가 없었다. 어쩌지도 못하고 아이를 안고 방으로 들어갔을 때였다.

아이는 딸이었다. 눈을 뜨고 심한 기침을 쿨룩거리는 것이 폐렴
에 걸린 듯 탈진상태였다.

"세상에나⋯. 어쩌다가 너도 부모를 잘못 만나가지고, 쯔쯔
쯔⋯⋯."

누구를 원망해야 할지 모르는 긴 한숨이 저절로 새어 나왔다.

그 모습을 본 동생 호인이 가만하게 말했다.

"지도 살라고 태어난 건데⋯. 그 순경 아저씨는?"

"그 인간이 요즘은 장사한다는 핑계로 며칠에 한 번씩 삐쭉 얼굴
만 보이고 가는데 이 일을 어쩌믄 좋다냐."

그때쯤 그는 장사를 한다는 핑계로 어쩌다가 들어와 겨우 옷이
나 갈아입고 나가는 것이 전부였다.

한숨이 저절로 새어나오면서 눈 앞이 막막했다. 핏덩이나 마찬
가지인 이제 갓난아이가 젖배를 곯은 것은 말할 것도 없고 폐렴까
지 들었으니 그야말로 불덩이를 안고 있는 것 같았다.

그러나 그 불덩이는 정임의 지극 정성의 보살핌에도 불구하고
그 5일 만에 울음조차 없이 조용히 눈을 감고 말았다.

"그래, 이 험한 세상 살면 뭘 하겠냐, 잘 가거라."

정임은 눈을 감은 아이를 강보에 싸면서 차라리 서로를 위해서
잘된 일이라고 중얼거리고 있을 때였다. 집을 나가 일주일만에 들
어온 승철이 멀뚱하게 그 광경을 보고 말했다.

"어찌된 거여?"

"당신 쓰레기 치우라고, 도화라는 여자가 갖다 버린 애기가 죽어

서…. 잘 됐네요, 당신 손으로 치우게 돼서."

"그 참."

그는 못마땅하다는 듯 입을 쩝쩝하다가 엉거주춤 싸안고 밖으로 나가면서 말했다.

"교통도 그렇고 영산포로 이사를 해야 될 것 같소. 그리 알고 준비하시오."

그 말을 남기고 간 그는 며칠 후 돌아와 그 쪽에 방을 마련해 두었다고 이삿짐을 실었다.

정임은 그가 하는 대로 따를 수밖에 없었다.

그래서 떠나기에 앞서 딸 수복이를 시집에 맡길 수밖에 없게 되었다.

시어른들은 이미 고무신 돌려 신은 며느리라 이유 없이 딸 수복이를 받아들였지만, 정임의 마음은 더없이 어둡고 무겁기만 했다.

그가 영산포에 얻었다는 집은 부엌이 딸린 방 한 칸이 전부였다. 그 방 하나에서 수송차 운전수에 장사 일을 돕는다는 그의 사촌 동생까지 다섯 식구가 북적대야만 했다.

생활의 불편함이란 이루 말할 수가 없었다. 그야말로 그의 노예로 끌려온 기분이었다.

그러나 제 기분 내키는 대로 세상을 살아가는 승철의 생활 방식은 날이 갈수록 산 넘어 산이었다.

그 여름이 가고 가을로 접어든 어느 날이었다. 그가 들어와 밥을 먹으면서 말했다.

"나무 장사도 하고, 숯 장사도 해야 되겠기에 반출증을 냈소. 그래서 당신이 목포로 이사를 해야 할 것 같소."

차라리 잘 된 것 같았다. 목포라면 어머니 면회도 자주 다닐 수 있고, 또 의논 상대가 되는 사촌 이모도 그곳에 살고 계시기 때문이었다.

그가 목포에 마련했다는 집은 유달산 너머에 있는 산밑 동네였다. 그러나 거기에서도 그의 생활은 여전히 마찬가지였다. 서로가 서로에게 마음의 문을 열지 않은 채, 다만 들어와 몇 푼 생활비라고 내놓고 다니는 것이 전부였다.

그렇게 대화가 막힌 생활은 무덤이나 마찬가지였다.

숨이 막혔다. 그러면서 그 해가 바뀐 이듬해 초봄, 정임은 만삭의 몸이 되었다.

그런데 승철은 소 장사까지 하다가 빈털털이가 되고 말았다.

그런 와중에 그는 어느 날 영암에 살고 있는 누님 집에 가다가 교통사고를 당해 광주 경찰병원에서 치료를 받고 퇴원했다.

다행히도 그 매제가 그곳 경무주임으로 있어서 그 혜택을 보게 된 것이다.

하지만 퇴원 후 교통사고 후유증도 문제였지만, 이제 빈손이 되어 버린 그였다.

그래서 할 일 없이 놀음방 개평을 뜯어 한 푼씩 갖다 주는 것이 전부였다.

그러한 현실은 쌀독이 언제나 밑바닥 긁는 소리를 내면서 굶기를 밥 먹듯 해야 했다.

그 같은 가난 속으로 그의 씨앗인 딸아이가 이윽고 울음을 터뜨리고 고개를 내밀었다.

새벽 2시였다. 미역 한 가닥이 준비되어 있지 않은 궁핍한 살림이었다.

산모의 첫국밥도 끓일 수 없는 살림에 동생 사례는 울상을 지으면서 염치없지만 또 이모네 집에 가서 양식을 좀 얻어 와야 될 모양이라고 투덜대고 있었다.

그때였다.

집 가까이에서 난데없는 공포 총성 한 방이 신경을 섬뜩하게 곤두세우게 했다.

그리고 뒤따라 마당에서 둔탁한 남자의 목소리가 들렸다.

"안에 계시요?"

어디서 많이 들어본 듯한 남자의 목소리였다. 깜짝 놀라 창문 틈으로 조심스럽게 밖을 내다봤다. 그런데 이게 어찌 된 일인가?

눈 앞에 서 있는 사람은 바로 전 남편 성창조였다. 그는 수북하게 눈이 쌓인 마당에 군복을 입고 안의 기척을 살피고 있었다.

놀란 사람은 옆에 있는 이승철도 마찬가지였다.

그는 순간적으로 당황했던지 모습을 보이지 않으려고 바쁘게 뒷문을 열고 빠져 나갔다.

이러지도 저러지도 못하게 된 정임이었다.

마침 그때 할머니 집에 보냈던 딸 수복이가 엄마가 보고 싶다고 한다 해서 잠시 데리고 와 있었다.

딸 수복이가 총성에 놀라 눈을 휘둥그렇게 뜨고 있었다.

정임은 순간적으로 수복이를 들쳐 업고 밖으로 얼굴을 내밀었다. 그리고 그 어떤 인사도 할 수 없는 상황에서 냉담하게 말했다.

"지금에 와서 내가 무슨 할 말이 있겠소? 기왕에 왔으니 팔자 사나운 년, 이대로 총을 쏴서 당신 손으로 묻어주고 가시오."

그러자 창조는 멀뚱하게 서서 바라보다가 어느 순간 눈을 휘둥그렇게 뜨고 엷은 비명을 질렀다.

"저 피!…. 어찌 된 거요?"

그 피는 산후 3시간 밖에 되지 않아 밑으로 흘러 하얀 버선목을 홍건하게 적시고 있었던 것이다.

정임은 이제 와서 숨길 것도, 감출 것도 없다 싶었다.

담담하게 말했다.

"그래요, 이제 막 몸을 풀었어요. 팔자 사나워서 이 꼴로 사느니 죽이고 가시오. 원망할 마음도 없으니……."

그러자 그는 잠시 말을 잃은 듯 멀뚱하게 서 있다가 측은한 눈빛으로 바라보면서 말했다.

"의복 따습게 입고 저기 주막에서 기다리고 있을 테니 나오시오. 사연은 거기서 듣기로 하고."

그 말을 뒤로 하고 그는 힘없이 돌아서 나갔다. 아직도 남아 있는 그 속정의 뒷모습을 보면서 정임은 코끝이 찡해지면서 눈 안에 눈물이 고여 왔다.

창조가 가있겠다던 주막을 곧장 뒤쫓아 갔다.

그는 음식을 시켜 놓았던 듯 김이 무럭무럭 올라오는 국밥이 바로 나왔다. 그 따끈한 국밥 한 그릇이 그 어느 진수성찬보다 허기진 혀를 동하게 했다.

그 어떤 인삿말을 주고 받을 겨를도 없었다.

정임은 국밥 한 그릇을 단숨에 뚝딱 비워내고 고개를 들어 멋쩍게 그를 쳐다봤다.

창조는 정신없이 게걸스럽게 먹어대는 정임의 모습이 측은했던지 긴 한숨을 내쉬면서 말했다.

"소문 듣던 대로 제 끼니도 해결을 못한다더니 그 말이 헛소리가 아니었구랴."

"미안해요, 이런 모습을 보여서……."

"그것이 어디 당신이 미안할 일이요. 그게 다 시대를 잘못 만나고 지도자를 잘못 만난 국운 탓인 것을…. 그래도 당신 살고 나 이렇게 살아 있으니 건강이나 잘 유지하시오."

"……. 나 원망 많이 했지요?"

"원망은? 나를 오늘 이렇게 살아있게 해 준 사람이 바로 당신인데, 면목이 없는 건 바로 나요. 당신이 나를 살려 내기 위해 그 다리가 되어준 사람인데 내가 그런 당신을 어찌 원망할 수가 있겠소. 그 다리를 건너 내가 오늘 이렇게 살아 있는 것을……."

정임은 뜻하지 않게 그로부터 듣는 위로의 말에 참아왔던 눈물이 왈칵 솟구치며 목이 메어 왔다.

흐느낌을 억제하면서 말했다.

"고마워요. 당신의 아내였던 나는 그때 이미 죽었는데 이렇게 찾아와 주니……."

"그것이 어디 우리 탓이겠소. 기구한 팔자를 타고 난 우리들 운명 탓인 것을…. 참으로 운명이란 내일 아침의 일을 오늘 저녁에도 알 수 없고, 오늘 저녁 일을 석양녘에도 알 수 없다더니 우리가 이렇게 될 줄을 뉘 알았겠소. 그래서 한 치 앞도 내다볼 수 없는 것이 운명이라더니…. 이제 귀대하면 언제나 또 만나보게 될 날이 있을런지. 아무튼 몸 관리 잘 하시오. 참 보아하니 산후 같은데 아들이요, 딸이요?"

"딸이어요. 어쩌다가 무덤 같은 속에서 모질게 살아가지고…. 죄 많은 어미지요."

"그것이 어디 당신 죄겠소. 그것도 다 피할 수 없는 서로의 운명인 것을…. 건강하게 잘 기르시오. 이제 얼굴도 봤으니 기차 시간 되기 전에 가봐야겠소."

"제대는?"

"한 이년 남은 것 같소. 제대하고 돌아와도 날 반겨줄 가정이 있는 것도 아니고…. 이제 와서 후회한들 무슨 소용이 있겠소만, 돌이켜 생각해 보면 내가 당신한테 너무 못할 일만 시킨 것 같아 미안하오."

그 말을 하고 창조는 어깨에 총을 둘러메고 일어나 차마 발길이 떨어지지 않는다는 듯이 잠시 서서 바라보는 두 눈에 눈물이 그렁하게 차오르고 있었다.

서로를 바라보는 눈빛이 말은 없어도 가슴 밑바닥으로부터 흐르는 마음과 마음 사이에 흐르는 못다 한 속정의 말을 잠시 뜨거운 눈빛으로 그렇게 주고 받고 있었다.

말없는 침묵 속에서 서로의 가슴 깊이 울림의 소리는 지난날 좀 더 잘해 주었더라면…. 그 못 다한 정 남아도는 두 눈에 물기를 차오르게 했다.

이윽고 그가 목이 메어 오는지 걸음을 돌려 세우면서 가만하게 말했다.

"잘 있어요."

그 짧은 말을 뒤로 하고 어느새 그는 저만치 멀어져 가고 있었다. 하얀 눈 속에 남기고 간 그의 발자국이 살아온 날의 아픔인 듯 가슴 시리게 저미어 오면서 언제까지 그 자리에 서 있는 정임을 허허한 바람이 그의 손길처럼 두 볼에 속절없이 흘러 내리는 두 줄기 눈물을 쓸어 주고 있었다.

어제는 꿈에 지나지 않고, 내일은 환상일 뿐이라는 듯이…….

어머니의 초상화 ㊖

엮은이 / 한승연
발행인 / 김재엽
펴낸곳 / **한누리미디어**
디자인 / 지선숙

121-840, 서울시 마포구 서교동 395-13 서원빌딩 2층
전화 / (02)379-4514, 379-4519
Fax / (02)379-4516
E-mail/hannury2003@hanmail.net

신고번호 / 제300-2006-61호
등록일 / 1993. 11. 4

초판발행일 / 2009년 6월 20일

ⓒ 2009 한승연 Printed in KOREA

값 10,000원

※저자와 협의하여 인지는 생략합니다.
※잘못된 책은 바꿔드립니다.

ISBN 978-89-7969-341-6 03810
978-89-7969-340-9 (전2권)